JN134185

四天王最弱だった俺。
転生したので平穏な生活を望む
ランガ＝バリアント
ダリル＝バリアント

死王《ロードオブデス》 レヴァノフ
アーミラ＝リリンラ
レントン

四天王最弱だった俺。

転生したので平穏な生活を望む

謙虚なサークル

ぶんか社

C O N T E N T S

プロローグ

血が、止まらない。

胸元にはぽっかりと大きな穴が空き、そこから止めどなく青い血が流れ落ちていく。

燃え上がるような深紅の髪も、今は大量の血を浴びて弱々しく垂れ下がっていた。

膝を突く俺を見下ろすのは黒髪の青年が束ねる男女が四人。

強力な魔力を帯びた武具は神やら何やらの手によるものだろうか、その力は人間を大きく超えていた。

――勇者パーティ、俺たち魔族は彼らの事をそう呼んでいた。

「が……は……ッ！」

喉元からこみ上げる血を、大量に吐き出した。

先刻の一撃が俺の胴を抉《えぐ》り、肺から血が溢れ逆流し続けているのだ。

死の見える一撃に、俺の脳内を走馬燈《そうまとう》が巡る。

■■■

俺は下級魔族である鬼、その中でも最下等種である小鬼《ゴブリン》として生まれた。

ゴブリンという種族は身体能力は人間の子供に毛を生やした程度の強さしか持たない、弱い魔物だ。

それ故大量に生まれはするものの、多くは大人になるまで生きられない。

だから俺は生き残る為に努力した。

別に強くなって弱者を虐《しいた》げたいとかそういうのではなく、純粋に俺自身が平穏に暮らす為に。

鍛錬は言わずもがな、人間から奪ったのであろう住処《すみか》にあった書物から様々な知識を漁《あさ》り、栄養価の高いものを選んで食した。

強い相手とは出来るだけ正面からは戦わず、仲間を作り、工夫して……地道に地道に積み上げた。

その甲斐あって、俺は仲間と共に上位種へと上り詰めていく。

小鬼《ゴブリン》から大鬼《オーガ》、そして剛鬼《チャンピオン》、最上位種である鬼王《ロード》へと。

鬼王となった頃だろうか、俺は当時の魔王直々に魔軍四天王にと誘われた。

何せ俺の仲間は百を超え、ちょっとした国なら軽くつぶせるほどの戦力を持っていた。

俺自身の個としての強さよりも、群れとしての強さを評価されたのだろう。

魔王はそうは言わなかったが……まぁ四天王の一人がやられたと言っていたのでタイミング的なものだと思われる。

平穏を求めていた俺は最初は誘いを断ったが、周りに推《お》されどうしてもやらざるを得ない状況になったのだ。

ランガ様ならやれますよ！　ランガ様なら間違いねぇ！　うおおおおっ！　ランガ様！　ランガ様！　……などと、半ば無理やりに。

生き残る為に増やした仲間だったが、この時ばかりはちょっぴり後悔した。

とはいえ死ぬほど嫌だったかと言われればそうでもなく、それはそれで平穏かもしれないと結局引き受けたのである。

だがそんな俺を、他の四天王たちはよく思わなかったらしい。

「奴は四天王の中でも最弱」「魔族の面汚し」「運良く成り上がっただけの下賤《げせん》の者」などと言いたい放題だった。

確かに他の四天王は生まれついての最上位魔族ばかりだったので、最下等種から成り上がった俺の事はさぞ不快だっただろう。

俺は気にしなかったが、部下の者たちはそれを聞いてよく怒っていた。

特に副官はそのたびに連中に戦いを挑もうとするので、出来るだけ耳に入れないように随分気を使ったものである。

思えばその頃から、色々面倒に思い始めてたんだっけか。

俺は出来るだけ波風を立てないよう、日々を過ごすようになっていた。

そんなある日、魔王を倒すべく勇者たちが攻めてきたのだ。

まず俺に迎撃の命が出た。それはいい。

だが他の四天王たちは、あろうことか俺の部下たちを城の防衛に出させていたのだ。

俺の強さは群れとしての強さ、個としての強さは秀でているわけではない。

偶然にしては出来すぎたタイミングだったので、連中の仕業《しわざ》で間違いはないだろう。

よほど俺のことが気に入らなかったと見える。

そう奴らが仕組んだのだ。気に入らない俺を殺す為に。

■■■

——そうして俺は単身勇者パーティと対峙し、今に至る。

彼らは地面に這《は》いつくばる俺を見下ろしながらも、油断なく武器を構えている。

奴らの強さは間違いなく一級品、加えて余裕もまだあると見える。

対する俺は満身創痍《まんしんそうい》。加えて言うなら多勢に無勢。

どうやらここで終わりのようだ。そう確信した俺は、

「く、くくく……」

——思わず、笑った。

勇者たちは窮地《きゅうち》にて笑う俺を見て、不気味に思ったのか後ずさる。

俺はざり、ざりと足を引きずりながらも勇者たちに歩み寄る。

「はははははははっ！　大したものだ勇者ども！　だが魔軍四天王が一人、鬼王ランガ！　そう

簡単にやられてやるわけにはいかねぇな！　全身全霊を以《もっ》て抗わせてもらおうッ！」

俺はそう宣言し、腹に力を込めた。

めきめきと肉の軋《きし》む音が鳴り、傷が塞《ふさ》がっていく。

魔力を全開に放出すると、筋肉が更に隆起し額にある第三の目が開かれた。

俺が全力で戦う時の戦闘形態だ。

「うおおおおおおおおおおおおおおっ!!」

雄たけびを上げながら地面を蹴る。

一歩、一歩蹴り進むたびに足場にしていた岩石が粉々に砕け散っていく。

俺は拳を固く握り締め、振り上げる。

勇者もまた、俺を迎撃すべく剣を構え直した。

がきぃぃぃぃぃん!!

剣と拳が交わり、それを起点として衝撃波が吹き荒れる。

最後の戦いが始まった。

勇者パーティも俺も、互いが、各々が、全ての力を出し尽くす。そんな死闘の末——俺は命を落とした。

第一章　転生した俺の日常

「——朝、か」

ゆっくりと身体を起こした俺は、窓ガラスに映る自分の姿を確認する。

小さく柔らかい手、真っ白な肌、黒い髪、それは間違いなく人間の子供の姿だった。

もう随分と見慣れた、自身の姿を見て呟く。

「あれからもう、十年になるんだな」

ポリポリと頭を掻きながら、俺はベッドから起き上がる。

勇者に倒された俺は人間に生まれ変わった。

人間の中でもごく普通の家の、ありふれた子供として。

鬼王だった頃の記憶も能力も依然として有しているが、人間の子供の身体ではその力はほとんど発揮出来ない。

だが人間に生まれ変わったのは幸いだった。

魔族の世界は力こそ全て、弱者は徹底的に蔑《さげす》まれ、食われるか利用されるかだ。

だから俺は強くなるしかなかった。

しかし人間の世界であれば、立ち回り方次第で平穏な暮らしを送れるはずだ。

前世では周囲に持ち上げられ、強敵と戦い続ける血なまぐさい生活だったが、今回はそうはならない。

――この人生で俺は、心穏やかで平凡な一生を送ってみせる。

決意を新たにし、俺は両手で顔を叩くと部屋をぐるりと見渡す。

木の板を張り合わせた床と小さな勉強机しかないこの質素な部屋が、今の俺の部屋だ。

俺は立ち上がるとクローゼットの中に仕舞ってあるボロ服に袖を通し、ズボンを穿いた。

扉を開けて階段を下り、かまどのある炊事場へ行く。

そしてかまどの中に火石の欠片《かけら》を入れ、炎を点けた。

これは魔術師が魔石を錬成《れんせい》をする際に出る燃え殻のようなもので、庶民《しょみん》はこれを使って火種とするのだ。

火を点ける程度なら今の俺でも魔術でどうとでもなるが、もちろんそんな事はしない。

魔術を使う十歳児など、いるはずもない。

フライパンに油を引いて、先日買ってあった干し肉を焼き始める。

ぱちぱちと油の爆《は》ぜる音がし始めたところで、同じく買っておいた卵を投入。

蓋をしてしばらくそのまま蒸し焼くと、ベーコンエッグの完成だ。

皿に移すと、いい匂いがふんわりと鼻をくすぐる。

さて頂くか、とテーブルに持っていこうとした俺の後ろから声が聞こえた。

「おぉ、いい匂いじゃあねぇか、ランガ」

だらしなく衣服を着崩した中年男がのっそりと炊事場に足を踏み入れる。

男は大あくびをしながら俺に近づいてくると、俺の頭の上に手を乗せた。

そしてぐりぐり撫でながら、俺が作ったベーコンエッグをペロリと食べてしまった。

この男は俺の父親、ダリル＝バリアントだ。

街の番兵《ばんぺい》をしており、酒と博打《ばくち》を好むだらしない男で母親とは三年前に離婚。

以後、俺と二人でこの家に暮らしている。

俺の呆れた視線にも気づかずムシャムシャとベーコンエッグを咀嚼《そしゃく》する親父を見て、俺は困ったような顔をする。

「もー、ダメだよお父さん。僕のベーコンエッグを勝手に食べちゃあさー」

声をやや高めにし、子供らしい言葉で、言った。

大人という生き物は子供が弱く可愛らしい存在である事を望む。

その期待に応えてやれば波風は立ちにくい。

十年という長い人間生活の中で俺は学び、親父は俺の演技に思惑通りにハマっていた。

俺の考えなど全く気づいていない様子で、豪快に笑う。

「ガハハ、男ってのはもっとワイルドに生きるもんだぜ。ランガ、お前も男ならナヨナヨしてるんじゃねぇ！　全くお前には強く育ってほしくて単身で勇者様を苦しめた鬼の名を付けたが、名に似合わねぇ子に育ったもんだ！」

だが親父はそんな俺の態度が気に入らないようだ。

そう、かつての魔軍四天王ランガは一人で勇者を苦しめた強敵として伝説になっていた。

たった一人で、武器も使わず。魔族らしからぬ正々堂々とした戦いぶりから、今でも人気があるらしい。

……単に他の四天王に武器を隠され、部下を全員離散させられていただけとは、とても言えないな。

ともあれ、それが理由で親父は俺をそんな強い男となるよう『ランガ』と名付けたらしい。なんというか、奇妙な偶然もあるものだ。

「それじゃあ行ってくるぜ！」

「いってらっしゃい」

食事を終えた親父は、俺よりも一足早く家を出て仕事へ向かう。

それを見送りながら朝食を詰め込むと俺も支度を始めた。

「さて、行くか」

薄い皮の靴を履き、扉を開き鍵をかけ、駆け出す。

■■■

「あらおはよう、ランガちゃん」

「おはよう花屋さん！　今日もお花が綺麗ですね！」

商店街に入った俺は花屋のおばさんと挨拶を交わす。

「おう、ランガ！　いい天気だなぁ！」

「おはよう肉屋さん！　今日もいっぱい売れるといいね！」

次に肉屋のおじさんと挨拶を。

他にも、道行く人々と挨拶を交わしながら俺は商店街の中を行く。

ご近所さんとは仲良くしておいて損はない。

何か起きた時に味方になってもらえるし、時々余り物なんかも貰える。

皆、気のいい人たちばかりだ。

商店街を抜けると目的地が見えてきた。


――グリュエール教会神学校。

教会が街の子供たちを預かり面倒を見る、学び舎《や》である。

読み書きに加え簡単な運動の指導、社会生活の基本を学ぶ場所だ。

元魔族である俺が人間社会を学ぶ上でかなり役に立っている。

「おはよーランガ！」

「おはよう」

「ランガ、今度玉蹴りやろうぜー！」

「おう、負けねーぞ！」

子供たちと無邪気な挨拶を交わしながら校舎の中へ入っていく。

教室に入り席に着いた少し後、授業の始まりを告げる教会の鐘がガランゴロンと鳴った。

そのしばらく後、木造りの扉を開き修道女姿の女性が入ってくる。

銀色の長い髪をシスターベールで隠し、服の上からでもわかる豊かな胸元ではロザリオが光る。

シスター・クレア。この幼年組の担任を務める先生である。

クレア先生は皆をゆっくり見渡した後、屈託《くったく》なく笑う。

「はーい、みんなおはよう！」

「おはようございます、クレアせんせーっ!!」

それに呼応するように、子供たちは一斉に手を上げて元気よく返事をする。

クレア先生はそれを満足げに見て頷《うなず》いた。

「うんうん、みんな元気ね！　じゃあ今日も神様の加護の下、楽しく一生懸命に一日を過ごしましょうね」

「はーいっ！」

皆、言われた通りに机やカバンから本を取り出した。

クレア先生は子供たちから非常に好かれており、クラスの誰もが彼女の言う事を素直に聞いている。

この人には指導者の才能があるな。うん。

「はい、それでは授業を始めます。まずは神学の教科書の二七ページを開いて――主は申されました、闇の中を進むには心の灯を……」

クレア先生が上品に口を開き、歌うように教科書の文章を読み始める。

神学の内容はほとんど、神を敬いなさい。善《よ》き行いをしなさい。悪の心を捨てなさい……といった話だ。

最後は「神に感謝を」といった言葉で結ぶあたり、いかにも神学校といった感じだ。

それにしても元魔族である俺が神学校に通い、神に感謝するとは……なんとも皮肉である。

「はい、それではランガくん。この続きを読んでください」

気づけばクレア先生がじっとこちらを見て、意味ありげに微笑んでいた。

どうやらぼおっとしていたのを見抜かれたようだ。

俺が目を丸くしていると、周りで皆がクスクスと笑う。

うーん、恥ずかしい……。

しかし確かに考え事をしてはいたが、聞いていなかったわけではない。

俺は立ち上がると、本の中ほどから読み始める。

「主は言いました。谷底から吹き上がる風が天を衝《つ》く。その時天上からは高らかに笛が鳴り響き、世界は愛に満ちるであろう。すなわち福音《ふくいん》である。神に感謝すべし」

俺が続きを読み終えると、教室がしんと静まり返る。

不思議に思った俺はクレア先生に尋ねる。

「あの、もういいですか？」

「え、えぇ……こほん、そ、それでは次の章に行きますね」

随分と驚いた様子のクレア先生に首を傾《かし》げつつ、教科書をしげしげと眺めていると、俺の後ろの席にいる少年が小声で話しかけてきた。

彼の名はレントン、俺と仲の良いクラスメイトである。

（やるなぁランガ、今のは古代語だろ？　しかもまだ習ってない単語ばかりじゃないかよ。いつの間に憶えたんだ？）

（あー……）

レントンの言葉で、ようやく皆の態度に納得がいった。

恐らくクレア先生は、ぼおっとしている俺を注意すべく、まだ解けるはずのない問題を出したのだ。

しかしそれをあっさりと解かれてしまった為、惚《ほう》けてしまったのだろう。

古代語は魔族の常用語だったからつい、普通に読んでしまったのである。

（た、たまたまさ！　父さんが知ってて教えてくれたんだよ）

（へぇー、ランガの親父さんて考古学でもかじってんのか？　すげーんだな！）

（ハハハ……）

レントンの言葉を、俺は苦しい笑顔で誤魔化す。

うーむ、気を抜くとつい魔族の癖が出てしまうな。

全くもって、普通の子供を演じるのも楽じゃない。

■■■

「それじゃあ今日の授業はここまで！　みんな。気をつけて帰るのよ」

「はーい！」

元気よく返事をして、子供たちは席から立ち上がると、放たれたように教室を飛び出していく。

少し遅れて、俺も教科書を纏《まと》めて紐《ひも》で括《くく》ると、クレア先生の元へ行き頭を下げる。

「クレア先生、さようなら。……それと、今日はぼおっとしてて、すみませんでした」

「ふふ、いいのよランガくん。『汝《なんじ》、試すべからず』、あなたを試そうとした私に罰が下っただけなのですから。教師という立場に甘んじていた報い。私もまだまだ未熟者です。……そしてランガ君、あなたはよく勉強していますね」

クレア先生はそう言って微笑むと、目を瞑《つぶ》り両手を胸の前で合わせ、懺悔《ざんげ》の姿勢を取る。

この人は人を疑う事もしない聖人のような性格だ。その純真さ故、子供たちにも人気なのである。

子供扱いされるのは未だに慣れない俺でも、この人にそうされるのは満更でもない気持ちだった。

「気をつけて帰るのよ」

「はい」

クレア先生に別れを告げ校舎を出ると、敷地内の茂みの前に子供たちが集まっている。

気になった俺はその中の一人に話しかけた。

「なぁ、どうしたんだ？　何があった？」

「あ、ランガ。猫だよ猫ー。ほら茂みの中にいる」

言う通り茂みの中を覗き込むと、そこには一匹の黒猫がいた。

迷い込んできたのだろうか、綺麗な黒い毛並みに金と銀のオッドアイ。姿形の整った美形の猫だった。

猫はのんきにあくびをしながらも、いつでも逃げ出せるように皆の様子を窺っている。

野良猫特有の隙のない所作である。

そんな中、先刻俺に話しかけた少年、レントンが黒猫の前にしゃがみこみ、指を動かす。

「ほーら、よしよし。こっち来ーい」

だが猫は全く反応する気配はなく、レントンの方を見もしない。

それでもめげず、にじり寄るレントンの方をちらりと見て、黒猫は目を丸くした。

「にゃ！」

何かに気づいたのか、猫はそう小さく鳴くとレントンに向かって跳んだ。

レントンは目論見《もくろみ》通りとばかりに近寄ってきた猫を抱こうとするが、猫はレントンには目もくれずそのポケットに忍ばせていた干し肉を掠《かす》め取った。

「何ぃ!?　こ、こいつ俺のおやつをっ！」

どうやら猫はポケットの干し肉を見つけただけのようだった。

ぴょんぴょんと素早い動きで猫は教会の塀に上り、後ろを振り向く。

「にゃーお」

そう、馬鹿にするように一鳴きすると、猫は塀を飛び降り逃げていった。

「くっそーっ！」

レントンは地団太《じだんだ》を踏み悔しがるが、猫は既に遥か彼方。

落ち込むレントンを皆が慰めている。

哀れレントン、でも干し肉をポケットに入れておくのはどうかと思うぞ。

■■■

その場を後にした俺は、家ではなく街を囲う石壁に向かった。

壁際に建つ家の隙間に置いていた藁束《わらたば》を除けると、壁には丁度子供一人通れそうな穴がある。

ここは俺が少し前に開けた穴だ。そこから外へ抜け出す。

「よっこいせっと」

街の外は荒れ果てた大地が広がっていた。

所々に枯れた草が伸びており、それが絡まって球となり、風に吹かれて転がっていくのが見える。

俺はフードを目深《まぶか》に被ると、周りに人がいないか警戒しながら進む。

外は危険だ。

子供がいるのが見つかれば、すぐにでも連れ戻されてしまうからな。

しばらく進むと、岩陰に蠢《うごめ》くものが見えた。

「……いたな」

そこにいたのはドドメ色に濁《にご》った粘体《ねんたい》、ゼルという魔物である。

魔物とは、大地の底から地上に溢れ出た魔力が、異形を形作った存在。

魔族が使役することもあるが、基本的には勝手に暴れまわる、人に仇《あだ》なす魔性の生物だ。

俺の目的はこいつとの戦闘である。

平穏な暮らしの為には、ある程度の強さは必須。

その為の修行方法は沢山あるが、結局のところ実戦が最も効率的だ。

何より都合がよいのは、こいつらは人間を見ると喜んで襲い掛かってくるので心が痛まない。

「シュールル……!」

このゼルも例外ではなく、俺を認識すると体内にある目をこちらに向けてきた。

敵意に満ちた赤い瞳。

のたり、のたりとにじり寄りながら、ゼルは全身から触手を勢いよく伸ばしてくる。

全方位からの攻撃、俺はそれを迎え撃つべく構えた。

「シャアアアア!!」

しなやかな鞭のように繰り出される触手を、俺は両掌に魔力を込め、軽く弾く。

ぱぁん、と音がして触手の鞭は軌道を変え、地面に叩きつけられた。

土煙が舞い、触手が爆ぜる。

感度は良好。まずは徐々に慣らしていくか。

ぱん、ぱん、ぱぱんとゼルの攻撃を弾く。弾き続ける。そのたびに奴の攻撃速度が上がっていく。

「シュー……？」

ようやくゼル自身、違和感に気づいたようだ。

俺はゼルに触れる瞬間、軽く身体能力向上の魔術をかけている。

ただのゼルでは相手にならないが、こうして基礎性能を上げてやればいい練習台になる。

俺とゼルの攻防は次第に速度を増していき、傍目《はため》からは目に見えぬほどになっていた。

ぱぱぱぱぱぱぱぱぱぱぱぱ、と乾いた音が連続して鳴り響く。

「……っ⁉」

防ごうとした俺の手をすり抜け、ゼルの触手が頬を掠った。

俺が怯《ひる》んだ隙に、二発、三発と。

どうやら向こうの速度が上回り始めたようだ。

俺の体捌《さば》きに、体内を巡らせる魔力の方が追いつかなくなってきた。

むぅ、実戦となると魔力制御の未熟さがよくわかる。

魔力の制御は俺のような拳で戦う肉体派魔族にとっては生命線と言える技術。

体内で練った魔力を出来るだけロスせず、スムーズに相手にぶつける——口で言うのは簡単だがこれが案外難しい。

速度、型、密度、形状。完璧な一撃を連続して繰り出すのは至難の業だ。

四天王時代ですら極めたとは言えず、子供の身体である現状では尚更だ。

魔力の流れを体幹から腕、指先へと行き渡らせる一連の動作が非常に遅い。

今は意識してワンテンポ早めに魔力を流しているが、これが通じるのは低級の魔物くらいだな。

単純な身体能力もまだまだで、思ったように体が動かない。

今の俺の戦闘レベルは下級魔族より更に下といったところか。

「シュー ッ!!」

調子づいたゼルが、トドメとばかりに触手を繰り出してくる。

左右から猛スピードで迫りくる触手は、俺の首と胴を真っ二つにするべく放たれた一撃。

——無論、喰らってやる義理はない。

俺はそれを容易《たやす》く掴んで止めてみせた。

「ギ……シ……っ!?」

触手は抜け出そうと蠢くが、それは叶わない。

不規則な打ち合いだからこそ、俺は動きが読めずに苦戦していたが、単純な力は俺の方が上だ。

びくん、びくんと蠢く触手に力を込めると、その両端が歪《いびつ》に膨《ふく》らむ。

「調子に、乗るなよ?」

「ギ——」

ばぢん、と爆ぜるような音がして、触手がはじけ飛ぶ。

地面に落ちた触手は何度か跳ねた後、消滅した。

「ギシ……シ……ギシ……！」

失った触手から体液を垂らしながら後ずさるゼルへ向け、たん、たんとリズミカルに歩幅を詰めていく。

ゼルはすぐに無数の触手を生やし、俺への打撃を試みる――が、俺は止まらない。その全てを無視して前進する。

身体能力が強化されているとはいえ所詮《しょせん》は下級の魔物、俺とは基本スペックが違いすぎてまともなダメージにはならないのだ。

至近距離、俺は拳に魔力を込めるともう一歩、踏み出す。

短く息を吸って――吐いた。

「ふッ！」

呼吸の暇《いとま》、拳に魔力を込め、ゼルの中心を貫く。

打撃の芯がゼルの身体を奥まで貫き、衝撃の余波でその粘体が波打つ。

波は最初は小さく、徐々に大きく――最終的にゼルは形を保てなくなり、破裂した。

後方に弾け飛んだ粘液の飛沫《ひまつ》はしばらくピクピクしていたが、すぐに動かなくなり溶けるように地面ににじんで消えていく。

「ふー……まだまだだな。昔ならゼル程度、小指で弾いただけでチリ一つ残さず消滅させられたんだが」

やはりまだまだ足りないな。修行はしばらく続けなければならないだろう。

それにこの修行には魔物を間引く意味もある。

大量の魔物が集まって街を滅ぼすケースは少なくないからな。

「……おっと、そろそろ帰らないと。親父が帰ってくるな」

そう呟いて、俺は慌てて街の方へと駆け出すのだった。

■■■

街に戻る頃には日が沈みかけていた。

こっそりと壁の隙間を通り、街の中へ入ると物陰に隠れフードを脱ぎ、左右を確認しながら何事もなかったかのように道往《ゆ》く人たちに紛れる。

ようやく一息ついた。ふぅ、どうやら誰にも怪しまれていないようである。

俺はそのまま市場へと足を向ける。

市場に入ると早速肉屋のおじさんが声をかけてきた。

「おうランガちゃん！　今帰りかい？」

「うん、今から帰ってご飯を作るんだ。お肉ください！」

「毎日偉いねぇ。ウチの子にも見習わせたいくらいだよ。ほら、安くしといてやるからな！」

おじさんはそう言って肉を切り分けると、小包みに肉を入れてくれた。

ずっしりと入った肉を買い物袋に入れ、代金を払う。

「わーい、おじさんありがとー！」

「いいってことよ！　そん代わりこれからも贔屓《ひいき》にしてくれよなっ！」

「はい！」

おじさんに礼を言って次の店へ。

「あらランガちゃん！　今帰りかしら？　お野菜買っていく？」

「はい！　おねーさん！」

「まぁまぁお上手だこと！　サービスしてあげるからねぇ」

八百屋のおばさんのところでも似たような歓迎を受けた。

その後の店でも同様に。

買い物を終え、商店街を抜ける頃には俺の買い物袋はギッチギチになっていた。

「ふぅ、みんないい人たちだ。ありがたい事だが……」

この大荷物も俺にとってはそう重いわけではないのだが、それでは普通の子供じゃない。

「……重そうに持つってのは案外大変だな」

俺はヨタヨタと歩くフリをしながら、帰宅するのだった。

家に帰るとエプロンを着け、夕食の準備を始める。

適当に野菜を切り分け、肉と一緒に炒めた後に水を入れて煮る。

煮立った鍋に調味料で簡単な味付けをして、肉と野菜がたっぷり入ったスープが出来上がった。

それをお玉ですくって一口啜《すす》る。

「……ん、美味《うま》い」

これは俺がまだ低級魔族の頃、戦場を駆け回っていた頃に作っていたなんの変哲も無いごった煮である。

栄養価の高い食べ物を選んで集めて煮ただけの簡素なものだが、部隊の者にはそこそこ好評だった。

そこから改良に改良を重ね、今に至る。

「おうランガ！　今帰ったぞ！」

丁度完成したところで、親父が帰ってきた。

大股で入ってくると、どっかと椅子に座った。

「父さん、お帰り」

「おう、腹が減ったぜ！　飯はあるか？」

「今出来たところだよ」

俺は鍋からお椀《わん》にごった煮をよそうと、スプーンと飲み水を添え親父に差し出した。

親父は太い眉を不機嫌そうに歪めている。

「……おいランガ、今日もまた煮物か？　野菜ばっかりのよぉ」

「栄養があるんだよ。それに肉も入ってるだろ。文句を言わずに食べなって」

「んぐんぐ……まぁ不味《まず》いってんじゃねぇよ。もぐもぐ……だがよぉ、たまには骨付き肉の一本でも食べてぇワケよ！　お前も男ならわかるだろオイ！」

「食事中に喋るのは行儀が悪いよ」

「……ごくん……かぁーっ！　ランガおめぇ母ちゃんみたいなこと言いやがってよぉ」

そう言って水を飲み干す親父に、俺は白い目を向ける。

「はぁ……父さんがモテなくても、僕知らないからねー」

「へっ、ガキが余計なお世話なんだよ。生意気な」

面白くなさそうに親父は舌打ちをしてボロボロの椅子にもたれかかった。

我が父親ながら、だらしのない事である。

そんなんだから母さんに逃げられるんだぞ、全く。

「ふぅ、食った食った！　ごっそさん！」

なんだかんだと文句を言いながらも、親父はごった煮をぺろりと食べてしまった。

口元の汚れを袖でぬぐい、立ち上がる。

「ふぅ、それじゃ飯も食ったし、俺は寝る！　明日も朝はえぇからな！」

いつも俺より遅く起きてるくせに何言ってんだ。

呆れながらも俺は親父にこう返す。

「おやすみなさい」

「おう！　おめぇもちゃんと勉強するんだぞ！　くぁー眠ぃ」

大きなあくびをしながら、親父は自室へ入っていった。

酒瓶を持っていってたな。あの調子だとしばらく寝酒をするのだろう。

俺は軽く食事の後片づけを済ませ、学校で出された宿題を広げる。

宿題は初歩的な数式や文字の書き取りなどの簡単なもので、俺にとっては大した事のないものだ。

問題のほとんどをノータイムで解き終えてしまった。

その頃には親父の部屋からはごおごおといびきが聞こえてきた。

どうやらよく眠っているようだ。

俺は宿題を鞄に仕舞うと、代わりにコップを取り出した。

「さて、それじゃあ魔力制御の練習でもやるとするか」

俺はコップに水を汲み、それに手をかざす。

掌の中心に肉眼では見えないような極々小さな魔力の粒を浮かべ、それを水面にゆっくり落とすと、波紋が生まれた。

よし、上手く出来たな。

これは水見《みずみ》の行《ぎょう》といい、より小さく、しかし確実に、狙った場所に魔力を生み出す魔力制御の基本修行だ。

魔力は上手く制御出来ず加減を間違うと様々なものを壊してしまうし、そうしたらものすごく目立ってしまう。

平穏に暮らしたい俺にとってこの修行は特に大事だ。

親父が寝た後はこれをやるのが日課である。

魔力制御の修行は幾つかあるが、これは地味なので万が一起きてきても簡単に誤魔化せるのが利点だ。

俺は静かに呼吸を整えながら、更に魔力の粒を増やしていく。

ぽつ、ぽつと魔力の粒を水面に落とすと、二重三重に波紋が生まれる。

波紋の大きさは全て、同じ。

日々の修行の成果もあり、魔力制御はそれなりにマシになっていた。

と、上手くいっていたところで水面がたぷんと揺れる。

「……っち！」

どうやら魔力の粒が大きすぎたようだ、更に落下速度も速すぎた。

慌てて修正しようとするも、間に合わない。

コップの水は溢れ出てしまった。

「……まだまだだな」

俺は肩を落としながらも、テーブルに零れた水を拭きコップの水も入れ直し修行を再開する。

油断するとすぐこれだ。力任せでやってきた前世のツケだなこれは。

家庭で出来る魔力制御の修行は外でやるのに比べコンパクトかつ地味だ。

飽きもあるし、疲れるのも早い。

失敗の頻度《ひんど》が上がり、集中力が限界に達した辺りで俺はベッドに横になる。

布団を被るとすぐにウトウトし始めた。

本日はこれまで。これが俺の「現在の平穏な日々」である。

明日もまた同じよう平穏に過ごせますように。

俺はそんな事を考えながら、眠りに入るのだった。

■■■

そしてまた、新しい朝が来た。

大きく伸びをして起き上がり、さっさと朝ごはんの準備をしてしまう。

「おはようランガ！　そしていただきます！　あーんど、行ってくるぜ！　がはは！」

親父もすぐに起きてきて、いつも通り俺の用意した朝食を食べるとさっさと出ていった。

ったく、たまには早起きして息子の食事の一つも作りやがれってんだ。

俺も家に鍵をかけて、学校へ向かう。

さて、今日も一日頑張るとするか。

そして滞りなく授業は進み――。

ごーん、ごーんと鐘が鳴り、午前の授業が終わりを告げた。

ふぅ、大した授業ではないが、普通の子供を演じる方が疲れるな。

出来すぎるとおかしいと思われるし、出来なさすぎても舐《な》められる。加えて自身のキャラは統一しなければならないのだ。加減が難しい。

きゅるるる、と疲れのせいか腹が鳴った。

「へへっ、腹が減ったのかよ。ランガ」

後ろから話しかけてきたのはレントンだ。

「そうだな。昼だからな」

「俺もだぜ。何せ昨日の晩から何も食ってないからな」

「……なんでだよ。親が用意してくれなかったのか？」

「チッチッ、抜いてきたんだよ。今日の給食の為になっ！」

レントンが机の上に広げた献立表を指でつつくと、今日の日付の欄にハンバーグと書かれていた。

「いつもは味気ないパンとスープだけどよ、今日は月に一度のごちそうの日！　しかもクレア先生の手作りハンバーグなんだぜっ！　腹を空かせて頂かないと罰が当たるってもんだろうよ！」

ここの給食は基本的には質素なものだが、月に一度だけはシスターが手の込んだ料理を作って振舞うのだ。

特にクレア先生が当番の日は、子供に人気の献立ばかりで大盛況なのである。

しかも本日はハンバーグ、クラスの全員が浮足立っていた。

そうこうしていると、給食係の子供たちが皆にトレイを配っていく。

コト、とレントンの机にトレイが置かれた。

「うおおおっ!!　ハンバーグだぁぁぁっ!!」

瞬間、レントンのテンションはマックスになり、立ち上がり大声で叫び始める。

やめろ恥ずかしい。こっちまで赤面しちゃうだろ。

そうこう言っているうちに、俺の机にもトレイが置かれた。

メインであるハンバーグに、パンにはバターが塗られており、更にスープにはコーンも入っている。

ハンバーグだけではなく、いつものパンとスープにもひと手間が加えられている。

レントンではないが少なからずテンションが上がるというものだ。

全員に配膳《はいぜん》を終えると、クレア先生が教壇にて手を合わせる。

「それでは皆さん、神に感謝して――」

「いただきまーすっ！」

俺も手を合わせ、パンに齧《かじ》りつく。

うむ、バターのコクがパンを引き立てる。

スープも美味い。いつもの具がないスープとでは食べ応えが段違いだ。

一噛みごとに味が染み出てくる。

俺は噛みしめるようにパンとスープを交互に食べる。

「もぐもぐ……おいランガ！　ハンバーグ食わねぇのか？　食べないなら貰ってもいいか？」

レントンがフォークを伸ばしてくるのを、

「馬鹿言うな。俺は楽しみは最後に取っておく性質《たち》なんだ」

スプーンで防ぐ。

月に一度のごちそうを、むざむざくれてやる俺ではない。

レントンはチッと舌打ちをしてフォークを引っ込めた。

パンとスープを一通り楽しんだ俺が、そろそろハンバーグに手を付けようとした、その時である。

「にゃーお」

窓際で一匹の猫が鳴いた。

先日庭にいた黒猫だった。皆が餌をあげる為、すっかり居ついてしまったのだ。

俺が視線を向けた瞬間、猫は跳躍した。

そして気づいた時には俺の皿からハンバーグは消え、猫の口に咥《くわ》えられていた。

現状を理解した俺の表情が怒りに染まる。

「野郎……！」

その一瞬、衝動的に魔力がわずかに漏れる。

周りの子供たちですらビクンと震えた。

猫もまた全身の毛を逆立たせ、跳び上がる。

「にゃっ⁉」

あ、やべ。

咄嗟《とっさ》に魔力を抑えるも、猫はぴょんぴょんと跳ねるように逃げていく。

茫然と見送る俺の肩を、レントンがぽんぽんと叩く。

「あーあ、お前のハンバーグ、盗られちまったな」

「誰がこのまま逃がすかよ……！」

月に一度のごちそうを、むざむざくれてやる俺ではない。

俺は教室を飛び出し逃げる猫に向かって走る。

「こらランガくん！　廊下を走っちゃいけません！」

「すみませーん！」

後ろから聞こえるクレア先生の声に言葉だけ返して、俺はそのスピードのまま前を向く。

「絶対逃がさねぇぞ、このクソ猫！」

「にゃーっ！」

猫は廊下をジグザグに駆け回り、時折追いすがる俺を振り返ってくる。

魔力を使えばすぐに捕まえられるが、こんな場所で使えば大問題だ。

くそっ、普通に捕まえるしかない。

「端に追い詰めれば……！」

追い込むように走りながら、猫の移動範囲を狭めていく。

よーし、よし……そのまま距離を狭め……今だ！

思いきって飛びかかるが、猫は俺の頭にぴょんと飛び乗った後、三角跳びで俺の背後に着地した。

なんという運動能力、こんなにあっさり躱《かわ》されるとは……そこらの野良猫なら簡単に捕まえられるのに。

半分感心する俺をちらりと見ると、猫は挑発するように首を傾げる。

「にゃーお」

そう一鳴きすると、また駆け出す猫。

ハンバーグを咥えているのに、器用に鳴きやがる。

俺は舌打ちをすると、また追いかけるのだった。

■■■

やたらと俊敏な猫との追いかけっこは苦戦を強いられ、何度も何度も躱され、避けられ、逃げられた。

だがこれ以上はまずい、猫が向かう先は校庭だ。

外に出られると手に負えない。

この階段で捕まえるしかないっ！

階段を駆け下りる猫を捕らえるべく、俺は階段から両手を広げ飛び降りる。

が、駄目。俺の両手は空を切り、猫はまんまと外に飛び出した。

「くそっ！」

這いつくばる俺の遥か向こう、壁の上で猫はハンバーグを食べ始めていた。

なんという屈辱、こんな屈辱は魔王城の晩餐《ばんさん》で最後に残していたデスフィッシュのから揚げを食べられた時以来だぞ。

ちなみにあの時の魔族は、ぶん殴って山の彼方までぶっ飛ばしてやった。

「あーあ、逃げられちまったなぁ」

気づけばレントンが後ろにいた。

残念半分面白半分といった顔で、俺を見てにやりと笑う。

「面白そうだったから追ってきたけどよ、残念だったな。俺のハンバーグはもう食べちまったからやれねぇけど」

「……ちょっと手伝えレントン。あの猫に痛い目を見せてやる」

「おうおう、珍しく本気だねぇ。いいぜ俺もあの猫には痛い目を見せられたんだ。協力して懲《こ》らしめてやろうじゃないか！」

「助かるぜ」

俺はレントンの差し出した手を固く握った。

■■■

「にゃーご」

その翌日。

日向ぼっこをしていた猫がのんきに鳴いた。

ポリポリと前脚で顔を掻きながら、ゴロゴロとのどを鳴らし眠そうにしている。

ふと、何かに気づいたようで校舎の隅に立つ木の方を向いた。

木の下には小さな肉の塊が置かれていた。

「にゃ……？」

猫は立ち上がり、しっぽを振りながら興味津々《しんしん》に肉の塊に近づいてくる。

警戒するように周りをぐるぐる回りながらも、視線は一瞬たりとも肉から離さない。

「へへへ……近づいてきたな」

木の上にはレントンが待機しており、その手には大きな編み籠《かご》を持って不敵に笑っている。

そう、肉を餌にしてレントンが猫の上に飛び降り、捕獲しようという作戦なのだ。

編み籠は持ちやすくする為にわずかな隙間が空いているが、押さえつけてしまえば関係ない。

猫は円を描きながらも、徐々に近づいてくる。

飛び降りるタイミングを見計らうレントン。

じりじりと、猫が近づき――肉を咥えた。

「今だっ！」

飛び降りるレントンだが、猫は既に気づいていたかのように、素早く飛び出す。

真っ直ぐに、一直線に――俺のいる方向に。

「にゃっ!?」

「待っていたぜ！　この猫野郎！」

待ち受けていた俺は、驚きのあまり固まった猫をあっさりと抱える。

よし、捕獲完了だ。

「おい、やったなランガ」

「おう、ありがとなレントン」

俺はレントンと掌を合わせ、ぱちんと鳴らした。

レントンの持っていた編み籠には隙間が空いているわけだが、その方向に俺が待機していたのだ。

目ざといこの猫ならその隙間を狙って抜けてくると思ったのである。

そのまま捕まえられるならそれでよし、二重の罠というわけだ。

「にゃー!!」

猫は身体をよじらせてジタバタと暴れている。

しかし両手足を握ればどう動こうと逃げられはしない。

「さて、そいつをどうする？　ランガ。ハンバーグにしちゃうのか？」

「いや、流石にそんな事はしねーよ。これでこいつも懲りただろう。逃がしてやるさ」

「にゃ！　にゃにゃ！」

俺の言葉を理解しているかのように、猫は激しく暴れる。

早く逃がせとでも言わんばかりだ。

「甘いねーランガは。まぁ確かに相手は猫だもんなぁ。言葉が通じるわけでもない。汝、隣人を愛すべし、アーメン」

レントンはそう言って胸元で十字を切った。

「あぁ、猫相手にマジになっても仕方ねぇ」

「にゃあ！」

そうだそうだと言わんばかりに、頷く猫。

俺を睨《にら》みつけ、早く下ろせとばかりにぱたぱたと尻尾を振っている。

心配せずとも下ろしてやるさ。今すぐにでもな。

俺は猫に正面を向けさせると、その両眼をじっと見た。

「に――――ッ!?」

殺気にも似た、裂帛《れっぱく》の気迫を込めた俺の目に、猫の声が途切れた。

数多くの魔族を統《す》べていた魔軍四天王の眼力を受けた猫は全身の毛をぶるりと逆立てる。

「ふぎゃあああああああ!!」

五月蝿《うるさ》いほどの悲鳴を上げながら、猫は小便を漏らし白目を剥《む》いてしまった。

おっと、驚かせすぎたか。

俺は気を失ってビクンビクンしている猫を地面に下ろすと、軽く気つけを施した。

「にゃ……にぁゃ……に……にぎゃーっ！！！」

目を覚ました猫はしばらくぼんやりしていたが、すぐに覚醒し跳び上がるように教会の外へ駆けていった。

「ほら、もう人様の肉を盗るんじゃねーぞ」

しっしっと手を振る俺に、レントンが恐る恐る声をかけてくる。

「……なんかお前、今ちょっと怖くなかったか？」

「気のせいだろ」

俺はレントンの問いを適当にはぐらかす。

ともあれ、あの猫も二度と悪さはしないだろう。一件落着といったところか。

第二章　過去との再会

そんな事がありつつ数日後。

いつもの下校途中、俺はレントンと一緒に帰っていた。

「でよー、その時クレア先生がさー」

レントンの話を適当に聞き流しながら、今日の晩飯は何を作るかな、などとぼんやり考えながら歩いていると、曲がり角からいきなり一人の少女が飛び出してきた。

美しく艶やかな金色の髪を長く伸ばし、前髪は丁寧に切り揃えている。

白を基調としたワンピースの袖を長く伸ばし、スカートは足首まである長いものだった。

形のよい唇はうっすらとピンクを帯び、大きな瞳は鮮やかな深紅を湛えている。

控えめに言って美少女、といった感じで明らかに周りの目を引きつけていた。

「おやおや、どうしたんだいかわい子ちゃん。もしや俺に何か用かな？」

少女に目を引かれたのはレントンも同じだったようだ。

いきなり軽口を叩き始める。

「……」

だが少女は無視。

「ちょ！　ねーねー無視はよくないぜ！　な？」

レントンは食い下がるが、少女は依然として視線を合わそうともしない。

そんな少女の目は俺に向けられていた。

じっと俺を見つめる少女、その目を次第に潤《うる》ませ始める。

そして――

「ランガ様ぁぁぁっ！」

勢いよく俺に抱きついてきた。

「んな――ッ!?」

信じられないといった顔で絶句するレントン。

俺もまた少なからず動揺していた。

「ああっ！　ランガ様っ！　お会いしとうございましたっ！　んふー、んふー……はぁ……ランガ様の匂いですっ！　はぁ、うっとり……」

少女は俺の胸に頭をぐりぐりと押し付けながら、スンスンと鼻を鳴らしている。

あまりの事態に俺もレントンも固まっていた。

「な、な、な……」

レントンは口をパクパクとさせながら、ようやく口を開く。

「なんだってーっ!?」

驚愕の声が辺りに響き渡った。

■■■

路地裏にて、俺の足元に少女が膝を突く。

目立つので慌てて路地裏に引っ張り込んだが、正解だった。

少女は目を伏せたまま言う。

「いきなりの無礼、お許しくださいランガ様」

「……とりあえず立て。こんなところ見られたらいらん誤解されるだろう……アーミラ」

「はっ」

返事をし、アーミラは立ち上がる。

その目は平静を装いつつも、しかし喜びを抑えきれないといった様子だった。

くりくりとした大きな瞳で、俺をじっと見つめている。

彼女はアーミラ、魔軍四天王時代に俺を副官として支えてくれていた人物だ。

種族は吸血種の最上位種である血の君《クイーンオブブラッド》。

血液を操り様々な武器と化したり、無数の魔眼《まがん》を使う事が出来る。

直接戦闘は得意ではないが、汎用性《はんよう》の高い能力を多数持つ補助タイプである。

尤《もっと》も今となっては、その能力もほとんど使えないとのことだが。

「しかし驚いたぞ。お前まで転生していたとはな」

「えぇそれはもう！　勇者にやられる瞬間、ランガ様の事を強く、強く想いましたので！　その想いが届いたのでしょう！　あぁやはり私とランガ様は強い絆で結ばれていたのですねっ！」

うっとりとした様子でくねくねと腰を動かすアーミラ。

だから怖いっての。

「先日、ランガ様の魔力を微《かす》かに感じましたのですぐにはせ参じました！　いえ、近くにいるのはなんとなくわかっていたのですが……確信を持てたのはその時だったのです。遅れて申し訳ありませんでした！」

「あー……あの時か」

猫相手にほんの少し怒りで魔力を漏らしたのを察知したらしい。

吸血種は血や魔力の匂いに敏感だからな。

いや、若干その領域を超えている気もするが。

「おーい、ランガ！　後でそのコの事、紹介しろよなーっ！　明日でいいからよーっ！」

路地口の方で、レントンが大きく手を振っていた。

……後で説明すると言って誤魔化してきたが、明日は鬱陶《うっとう》しいくらい色々聞いてきそうだな。憂鬱だ。

アーミラは後ろを振り向き、レントンへ鋭い視線を向けていた。

「あの男、我々の動向を気にしているようですね……消しますか？」

「消さんでいいっ！」

ったく、転生しても物騒だなこいつは。

アーミラは俺が小鬼《ゴブリン》の頃から一緒にいた幼馴染のような存在だ。

一緒に強くなり、進化し続け、共に歩んできた、戦友でもある。

ちなみに俺たち魔族はある程度強くなると進化という形で大きく成長するわけだが、それは本人の資質が大きく影響する。

例えば俺は小鬼から大鬼、剛鬼、鬼王とバランスのいいタイプに進化したが、アーミラは小鬼、魔鬼、血の君と魔術寄りの進化を遂げた。

ちなみに血の君は鬼王と同じく特殊クラスで、アーミラの持つ魔眼の影響でそうなったのだという。

そんなわけでアーミラ自身もかなり優秀なのだが、何故かやたらと俺を信奉し、いつもいつも祭り上げられていた。

当時の俺は悪い気もしなかったので、アーミラに乗せられるがままに魔王軍に入り、あれよあれよと四天王にまで上り詰めてしまった。

それは戦いに次ぐ戦い、心の休まる暇など全くない血みどろの日々に身を投じ続けた結果でもある。

……つまり、こいつに乗せられて平穏な暮らしが遠のいてしまったのだ。

俺が訝《いぶか》しむように見ると、アーミラは子犬のようなキラキラした目を向けてきた。

「……なんだよ」

「なんでもありませんっ！　……えへっ」

照れくさそうに微笑むアーミラを見て、俺は少し驚いた。

あのアーミラが、こんな風に笑うなんて。

以前のアーミラなら返り血で真っ赤になりながら、口元を歪め不気味に笑うのがせいぜいだった。

血で血を洗う戦いを繰り返し、あらゆる手段を以って歯向かう者を血だるまにしてきた、血の君に相応《ふさわ》しい歪んだ笑顔。

それは今の可憐《かれん》な笑顔とは全く違うものだった。

（もしかしてこいつ、ちょっと変わったか？）

先刻、レントンに対しても物騒な事を言ってはいたが、それだけだった。

今までなら無言で惨殺していてもおかしくなかったしな。

もしかしたら、人間の身体に転生した事で大人しくなったのかもしれない。

……どれ、ちょっと探りを入れてみるか。

俺はアーミラに世間話を切り出すことにした。

「なぁおいアーミラ、お前人間に転生したなら家族がいるんだろう。今は一緒じゃないのか？」

「あぁ、父と母は戦争で死にましたので天涯孤独の身ですよ。……ですがお気になさらず。幼い頃の話なので大してショックも受けておりません。名も以前と同じようにアーミラと呼んでいただいて結構です。人間としての名はもう忘れてしまいましたし」

アーミラの言葉に俺は息を呑む。

「そいつは……大変だったな」

「いえいえ、小鬼だった頃に比べれば人間の幼子は皆に可愛がってもらえますし。幸い私は容姿に恵まれましたので、大した苦労もしませんでした。この街の番兵さんにも身の上を話したら簡単に街に入れてもらえましたよ」

そう言ってアーミラはあっけらかんと笑うが、そんな容易いものじゃない。

俺は苦い顔のまま、首を振る。

「そう簡単なものじゃなかっただろう。俺も同じだからわかるが人間の世界だってそれなりに苦労はある。親の庇護《ひご》がない子供は施設に預けられるかのたれ死ぬか……ここまで生きてこられたのはアーミラが優秀だからこそだよ」

「ランガ様……」

うっとりとした目を向けてくるアーミラの頭を撫でてやる。

……そうなんだよな。優秀なんだこいつは。

だから俺みたいなのでも四天王にまで上り詰めてしまったのだ。

アーミラは俺に頭をすり寄せると、惚けた様子で俺の背中に腕を回す。

「ランガ様にもう一度会えて、本当に嬉しいです」

「そう、だな。俺もそう思っている」

俺の言葉に、アーミラはパッと顔を輝かせる。

「本当ですかっ！　ではまたお側に置いてくれますよねっ！」

「まぁ、うん……」

側にいるだけなら害はない。

こんな少女の姿だ。アーミラもそう悪さは出来ないだろう。

それがなければ普通にいい奴なのだ。

「嬉しいなぁ。またランガ様と一緒にいられるんですね！　また一緒に戦えるんですねっ！」

……ん？　今何か物騒な言葉が聞こえたような……。

訝しむ俺に気づく事もなく、アーミラは恍惚《こうこつ》とした顔で続ける。

「前回は私の助力及ばず魔軍四天王程度で終わってしまいましたが、ランガ様の器はそんなものではありません！　戦って、勝って、成り上がって、そして世界を征服しましょう！　ランガ様なら出来ますっ！　私も今度こそ失敗しないよう、誠心誠意尽くさせていただきますのでっ！」

屈託のない笑みで、最高に物騒な事を言うアーミラ。

その目は血の君として俺に仕えていた頃と、全く変わらないものだった。

駄目だこいつ……早くなんとかしないと。

やはりアーミラはアーミラだった。

「……はぁ」

俺は頭を抱えため息を吐《つ》くと、アーミラを冷たい目で見た。

「それは出来ない」

「え……？」

きょとんとするアーミラに、毅然《きぜん》とした態度で言う。

「俺は今度こそ平穏に暮らしたい。争いとは無縁の生活を送るつもりだ。世界を征服するつもりなんてさらさらない。アーミラ、お前がそういうつもりなら……悪いが一緒にはいられねぇ」

「ランガ様……い、一体何をおっしゃっているのですか？　私には何がなんだか……」

すがるような目を向けてくるアーミラに、俺は口調を強くする。

「迷惑だって言ってるんだよ！　じゃあな」

信じられないといった顔のアーミラに背を向け、俺は立ち去る。

背後からはすがるような視線が、いつまでもいつまでも送られていた。

■■■

「ついてこない……か？」

恐る恐る後ろを振り向くと、アーミラは呆然とした顔で膝を折っていた。

どうやら追ってくる気力はないようでほっとする。

全く、生まれ変わっても恐ろしい奴だったな。

ていうか世界征服なんてさせるつもりだったのかよ。

確かに四天王時代、「ランガ様は世界の王となる器です！」とか「この調子で世界征服ですよ！

ランガ様！」とか言っていたが、冗談じゃなくガチだったとは。怖すぎる。

「これ以上はなるべく関わり合いにならない方がいいな……ちょっと可哀想な気もするが」

もう一度チラ見すると、同じ格好のまま固まっていた。

あのまま放置しておいていいものだろうかと心配するも、今のアーミラもそれなりに戦闘力はあるように感じられた。

幼い頃から一人で生きてきたらしいし、自分の身は自分で守れるだろう。

そう考えた俺は帰宅するのだった。……疲れた。

■■■

「いよっ！　ランガ様、ご機嫌麗しゅう！」

登校中、ふざけたように後ろから声をかけてきたのはレントンだった。

とても楽しそうなレントンに俺は冷たい視線を送るが、全く気にするそぶりもなくバシバシと背中を叩いてくる。

「で、なんだよあの子？　やたら可愛かったじゃねーか。そんな子に様付けで呼ばれてよう？　詳しく教えてもらわねーとなぁー？　ランガ様ぁー？」

「……はぁ、ただの人違いだよ。俺の事を探してる人と勘違いしていたらしい」

「いやいや、そんな事言ってよー。実は何かあるんじゃねーの？　ランガが実は王族の隠し子だった。

「なーんだ、つまらねぇ」

先刻までの興味津々な態度はどこへやら、レントンは興味が失《う》せたのかあからさまにがっかりし

た。

まぁ王族の隠し子ではないが、魔軍四天王の生まれ変わりなのだが……もちろん言うつもりは微《み》塵《じん》もない。

「ねーよ。ばか」

たーとか」

(それにしてもアーミラ、諦めたのか……？)

授業中、ふとアーミラのことを思い出す。

あいつの性格からいって、易々《やすやす》と引き下がるのは考えにくい。

だから警戒しているのだが、どうも動きが感じられない。

アーミラほどじゃないが俺もある程度は相手の魔力を察知出来るので、近寄ってくればすぐにわかるのだが……この沈黙、不気味だな。

結局何事もなく学校は終わり、下校時間。

「ランガ、帰ろうぜー」

俺が道を歩いていると、後ろからレントンが声をかけてきた。

へらへらと笑っているが、よく考えたら今俺と一緒にいるのは危ないかもしれない。

アーミラが何か仕掛けてくるかもしれないからな。

何かあったら巻き込んでしまう。ここは断った方がいいか。

「悪いが今日は用事があってな。一人にしてくれ」

「えー、いいじゃんかよー」

「だーめ、また今度な。埋め合わせはするからよ」

「ちぇっ、つまんねーの」

俺が拒否すると、レントンは不機嫌そうに舌打ちをした。

つまらなそうに小石を蹴りながら、路地裏に入っていく。

「ぎゃーっ！」

直後、上がるレントンの悲鳴。

俺はまさかと駆けだした。

あの道は昨日通った路地裏、アーミラが何か仕掛けていてもおかしくはない。

「レントン！」

路地裏に足を踏み入れた俺の眼前には、巨漢の男二人に絡まれているレントンがいた。

「おうおう坊主、てめぇの蹴った石のせいで足が折れちまったじゃあねぇか！」

「よそ見して歩いてんじゃねぇぞ！　あぁコラ、ベンショーしてくれんのかぁ？　オイィ！」

……どうやら蹴っていた小石があの男たちに当たったらしい。

なんだ、ただのチンピラか。俺は安堵の息を吐く。

とはいえレントンはすっかり怯《おび》えている様子だった。

「すみません！　すみません！」

「すみませんで済んだら警察いらねぇーんだよ！　親呼んで来い！」

情けない声を上げるレントンの方へ歩いていき、男二人をじっと見上げる。

「なんだぁ坊主、こいつの知り合いかぁ？」

「代わりにベンショーしてくれんのか？　あぁコラ⁉」

頭の弱そうなセリフを並べる男たち。

これだからチンピラは……というか弁償じゃなく慰謝料と言いたいのだろうか。

俺はとぼけた顔で、男たちに声をかける。

「ねぇお兄さんたち、その子謝ってるよ。許してあげようよ」

「はぁー⁉　謝られても俺の足は治らねーんだよ！　折れてんだ！　ベンショーだ！」

そう言って、自称折れた足で俺に歩み寄る。

俺は平気そうに歩く男の足を指差した。

「お兄さん普通に歩いてるじゃん。嘘はダメなんだよ」

「……あぁん？」

俺の言葉に、男たちは不機嫌さを露《あら》わにした。

「舐めてんのかクソガキ！　ぶっ殺されたくなけりゃあどっか行きやがれ！」

はぁ、やっぱり聞く耳持たないか。

わかっていたけど……俺はため息を吐いて、路地の方をちらりと見やる。

「どっか行くのはお兄さんたちだと思うけどなー」

「何ぃ!?」

男が俺の襟首を掴み、持ち上げようとした瞬間である。

「おい、何か声が聞こえたぞ！」

「事件か!?」

巡回していた番兵たちが通りかかる。

すかさず俺は声を上げた。

「わーっ！　助けてーっ！　殺されるーっ！」

「ゲッ、このガキ……！」

番兵がこちらに気づいたのと同時に、男たちは俺たちを放し反対方向へ駆け出した。

やれやれ、こんな事もあろうかと番兵の巡回ルートと時間は頭に入れてあるんだよ。

「くそっ！　覚えてやがれー！」

「絶対ベンショーさせてやるからな！」

捨て台詞《せりふ》を吐いて去っていく男たちを見送りながら、俺はやれやれと胸を撫で下ろす。

だから慰謝料だっての、と内心で突っ込みながら。

「君たち大丈夫だったかい？」

「うん、大丈夫だよ。ありがとう番兵さん！」

駆けつけてきた番兵に礼を言うと、丁寧に敬礼を返してくれた。

「それじゃあ気をつけて帰るんだよ」

「はーい」

いい人だ。番兵さんは俺たちの無事を確認すると、すぐ仕事に戻っていった。

「ふぅ、全く気をつけろよな。レントン」

「うぅ……すまねぇランガ……」

腰が抜けたのか、へたり込むレントンに俺は手を差し伸べる。

レントンが俺の手を取ったその時、ふと俺は奇妙な違和感を感じた。

瞬間、レントンはがっしりと俺の腕を掴み、もう片方の手で何かを嵌《は》めてきた。

「な……ッ!? れ、レン……トン……？」

途端に俺の全身の力が抜けていく。

レントンを見上げるとその目は虚ろで、まるで夢でも見ているかのようにぼんやりとしていた。

意識が遠のいていく中、俺は腕に嵌められたものの正体に気づいた。

（拘束《こうそく》の……腕輪《うでわ》……！）

これは非常に高価な魔道具で、嵌めた相手の動きを束縛する事が出来るというものだ。

高い戦闘力を持つ相手すらも奴隷に出来ることから、その辺に出回っているような代物ではない。

何故、レントンが……まさか、アーミラの仕業……？

それ以上思考する事も出来ず、俺は意識を失った。

「……こ、こは……？」

痛む頭を押さえながら起き上がる。

目の前にあるのは白いカーテン、部屋は木造りの壁に囲まれ、高級そうな調度品が置かれていた。

ふかふかのベッドから立ち上がろうとするが、力が入らない。

右腕には相変わらず拘束の腕輪が嵌められている。

……どうやら夢や幻ではなかったらしい。

「お目覚めですかっ！　ランガ様」

俺のうめき声に気づいたのか、奥からアーミラが小走りで駆けてきて、抱きついてきた。

勢いのまま押し倒された俺の目の前には、頬をほんのりと上気させたアーミラが微笑んでいた。

「あ、アーミラ!?」

「よかったぁ。中々目を覚まさないので、心配いたしましたよぉ。あ、お腹空いていますよねっ！

今朝食をご用意していますので、お顔を拭いて少々お待ちくださいませ！」

そう言ってアーミラはほかほかに蒸したタオルを手渡してきた。

タオルは俺好みにアッツアツに蒸らされており、差し出されるままに顔を拭く。

そして改めて、アーミラを睨みつけた。

「……ずいぶん手荒なことをしてくれたな。ここは一体どこだ？　色々説明してもらおうか」

「使われていない貴族の別荘ですよ。そしてもちろん説明させていただきます。我が主人であるランガ様に隠し事は何一つとしていたしませんとも」

こほんと咳ばらいを一つして、アーミラは饒舌《じょうぜつ》に語り始める。

「ランガ様に断られた私はしばし、ショックで打ちひしがれておりました。そんな私に街のチンピラが声をかけてきたのです。『君、可愛いね』『ちょっと付き合えよ』とかそんな感じでしたか。とりあえず『魅了《みりょう》の魔眼』で私の下僕としたわけですが、なんと連中は違法魔道具の売人でして、丁度その拘束の腕輪を持っていたのですよ。それを見て私は思いました『そうだ、ランガ様を攫《さら》おう！』と」

キラキラした目で物騒な事を語り始めるアーミラ。

しかも興奮し始めたのか、声のトーンは徐々に高くなっていく。

「ランガ様が私を必要としていないのは、世界の王たる自覚がないから。それに目覚めればきっと私を必要としてくださるはず！　そう確信した私はまずランガ様のご学友に『魅了』をかけ、ランガ様に拘束の腕輪を嵌めるよう指示しました。後はご存じのとおりです。あ！　ご学友はちゃんと記憶を削って街に帰しましたし、ランガ様のご自宅にも置き手紙を書いておきましたので、安心してくださいねっ！」

アーミラはにっこりと笑い、そう言った。

その顔は恍惚と狂気に彩られていた。

レントンを操り人形とし、俺を嵌めたのか……しかも根回しも完璧。助けは期待出来なさそうだ。

やはりアーミラ、相当ヤバい奴である。

ドン引きしていると、奥からぱちぱちと火の爆ぜる音が聞こえた。

「おっとすみません。朝食の準備が途中でした」

アーミラはそう言うと奥の部屋へ駆けていき、どったんばったんした後にトレイを持って帰ってきた。

トレイには目玉焼きが載ったトーストと、ポタージュスープ。ミルクにサラダも付いている。

空きっ腹の俺にその食事は非常に魅力的に映り、思わずごくんと生唾を飲み込む。

「美味《おい》しそうでしょう？　はい、ランガ様。あーんしてください」

「んがっ!?　あ、アーミラおい！」

アーミラは俺の顎を持ち、半ば無理やりに口を開けさせる。

「ふふっ、照れなくても大丈夫ですよ。ここには私とランガ様しかいませんしね。加えて言えば屋敷全体に強力な結界が張られていましたので、獣一匹近寄りません」

「んなもんどうやって破ったんだよ！」

「まぁその、はしたないですが、ある程度力ずくで……」

恥ずかしそうに言ってるが、この屋敷に張られた結界……相当固いぞ。

口では能力を失っているとか言ってたが、結界破りに『魔眼』も健在だ。

自主的に修行を続けていたとみえる。

抵抗を試みるも、拘束の腕輪で力を封じられた俺にはそれを覆す力はなく、なすがまま食事を食べさせられた。

「どうですか、ランガ様。お口に合えばよいのですが……」

「……美味いよ」

渋々答える俺を見て、アーミラは両手をパチンと叩いた。

「まぁ、嬉しいっ！　さっき市場で新鮮な食材をたくさん買ってきたんですよ。朝は間に合わせですが、昼はもっとちゃんとしたものをお出しするので期待していてくださいね！　さぁどんどん召し上がってくださいまし」

再度、差し出されたパンを食べる。

食べさせられるというのは屈辱感がありつつも、それを上回るほどに美味い。

俺の好みをよくわかっているな。

「よく食べてくださいました。では皿をお下げしますね」

食事を終えると、アーミラは満足げに皿を下げていく。

奥の部屋ではカチャカチャと、片づけの音が聞こえてくる。

（さて、どうしたもんかね……）

一人になった俺は脱出の為の思考を巡らせる。

アーミラは食材を買い込んだと言っていた。

という事はしばらくこの屋敷から動くつもりはないのだろう。

逃げるタイミングは多くない、か。

（とりあえず、ちょっと力を入れてみよう――ふんっ！）

俺は右手に嵌められた拘束の腕輪を掴み、思い切り力を込める。

ミシミシと軋む音が鳴るものの、腕輪は固くビクともしない。

くそう、ただの鉄の輪っかならなんとか千切れるんだがな……力も普通の子供並みになっているようだ。

（力ずくじゃあ外せない、か）

舌打ちをしながら他の方法を試そうとしていると、片づけを終えたアーミラが戻ってきた。

両手いっぱいに分厚い書物を抱えて。

「お待たせいたしました、ランガ様っ！　それではお勉強の時間にいたしましょうかっ！」

どんっ！　と重々しい音と共に、大量の書物が俺の目の前に置かれる。

百冊はあろうかという本の山を見て、俺は言葉を失った。

「……なんだこりゃ」

「王に関する書物でございます。これを読んで王の在り方を学んでいただければと！　少々冊数は多いですが、ぇぇもうランガ様ならすぐに自分のモノにしてしまうでしょう！　間違いありませんっ！」

本の背表紙には「帝王学」だの「様々な国の王」だの「王道を往く」だの、王にまつわるものばかりが揃えられていた。

どこから集めてきたんだこんなもん。本屋にも中々並んでないようなものばかりである。

「この別荘の書庫に沢山あったので、それを借りてきちゃいました」

可愛らしく舌を出すアーミラ。

貴族の別荘とか言っていたが……本当に貴族か？

張られている結界も相当な強度のようだし、置いてある本もかなり豊富なようだ。

まさか王族とかじゃないだろうな。

「さぁっ！　読みましょう！　聞かせましょう！　どれから読みます？　コレですか？　アレですか？　ソレですか？」

色々な本を手に取り騒ぎ立てるアーミラに、俺はため息を吐く。

「……俺は本は嫌いなんだ。つか、王なんて目指すつもりはないと、言っておいたはずだが？」

「そんな事はさしたる問題ではありません」

俺の拒絶の言葉に、アーミラはにっこりと笑って返してきた。

その明るく朗らかな語調に、俺はなんとも言えぬ不気味さを感じる。

「ランガ様はどのような道を辿ろうとも、世界の王となられるお方。ランガ様自身が何を言おうと、何を望もうと、それが宿命なのです。何人たりとも逆らう事は出来ないのですよ！」

「いや、だから――」

「しかしそう意固地になられるとは少々想定外でした。昔のランガ様なら『やれやれ、仕方ないな』とか言いながらも私の言葉を聞いてくださったのに！　……どうやらランガ様は人間に転生した事により、随分ぬるくなった様子。荒療治が必要なようですね」

そう言うとアーミラは、部屋の隅に置いていた大きな鞄をゴソゴソと漁り始める。

嫌な予感を覚える俺に、鞄から取り出し差し向けてきたのは巨大な芋虫を乾燥させたものだった。

「はいっ！　干しタンゴムシの幼虫です！　昔は戦争中に兵糧《ひょうろう》としてよく食べていましたよね！　懐かしいですよね！　これを食べて魔族だった頃の戦いの日々を、思い出してくださいませっ！　さぁ！」

ずい、ずいと乾燥芋虫を近づけてくるアーミラ。

俺の顎を掴んで口を開けさせ、無理やりにでもねじ込もうとしてくる。

この芋虫、確かに栄養はあるがとにかくクソ不味い。

戦場では食べるものがないから仕方なく食べていただけで、わざわざ好き好んで食べるようなものではない。

「いや……いらん！」

後ずさる俺に、アーミラは詰め寄ってくる。

「やめろ馬鹿！　いらねぇって言ってんだろ！」

「何を仰《おっしゃ》いますやら！　さぁさぁさぁ！　どうか遠慮なさらずに！」

「や、やめ……ん？」

なんとか抵抗する俺の鼻に、饐《す》えた臭いが漂ってくる。

これは——臭いの正体に気づいた俺は、アーミラの目をまっすぐに見て言った。

「……その虫、ハラワタがまだ残ってるぞ。血抜きも不十分だ」

「え？　……くんくん、本当だ！」

アーミラは初めて俺の言葉を聞き入れた。

鼻を近づけ、芋虫の臭いを嗅ぐと眉を顰《ひそ》める。

「それじゃあ腹を壊すだろ。それとも俺の腹痛が望みか？」

「こ、これは失礼をいたしましたっ！」

俺に下処理の甘さを指摘され、アーミラは慌てて頭を下げる。

そして乾燥芋虫を持って、台所へと走っていった。

ふう、なんとか切り抜けられた。

このご時世にわざわざあんなゲテモノ食べるもんじゃない。

安堵する俺の耳に、アーミラがくすくす笑う声が聞こえてくる。

「――なんだか昔の事、思い出しちゃいました。憶えてます？　私がタンゴムシの下処理をしようとして、よく失敗してた時の事」

「まぁ……そんな事もあったかな」

全く憶えていないが。

「えぇ、あったんです。困ってた私をランガ様が手伝ってくださって……えへへ、嬉しかったなぁ……」

芋虫の身体を掻っ捌きながら、幸せそうに笑うアーミラ。

ぶちぶちとハラワタを包丁で切り取り始める。

「出来ました。また乾燥させますから、後で一緒に食べましょうねっ」

「……」

有無を言わさぬ満面の笑みだった。

手にした血塗れの包丁がなんとも言えずミスマッチだった。

「そうだ！　本を読むのが苦手なのでしたら、私が読み聞かせましょう！　そしてわかりやすい本からなら、ランガ様も好きになっていただけるハズです！　さぁまずはこれを読んでみましょうか！」

そう言ってアーミラが俺に向けて広げたのは「幼き日の王たち」だった。

うんざりする俺に気づく事もなく、アーミラは本を俺の前に広げる。

「アルトレオという国がありました。そこを治めていたのは美しく賢い一人の女王様。周りを強国に囲まれながらも機転を利かせ、臣下の力もあり、強《したた》かに国は大きくなっていきます。……」

アーミラは声を出して本を読み始めた。

それを左から右に聞き流しながら、俺は脱出の為に思考を回《めぐ》らす。

さて、どうしたものやら。

■■■

「夜……か」

辺りは静まり返り、窓の外は漆黒の闇。

俺はベッドからむくりと起き上がると、拘束の腕輪を弄《いじ》る。

すると表面がスライドし、鍵穴が現れた。

「……よし、やはりあったな」

この手の魔道具には大抵解除の為の鍵穴が付けられている。

そして鍵は、アーミラの胸元にチラリと見えた金属片。

昔骨董屋で見たことがあるから間違いない。

あれを手に入れれば脱出は可能……！

俺はベッドを降り、扉を開けてアーミラの寝室へと足を運ぶ。

廊下を抜け、重たい木の扉を開くと天蓋《てんがい》付きのベッドにアーミラが横たわっていた。

俺に本を読み聞かせ続けて疲れたのか、すぅすぅと寝息を立てている。

とんでもなく長い時間読んでいたからな、俺も半分眠ってたし。あの根気には心底恐れ入る。

俺は気配を殺し忍び寄り、アーミラのベッドまで辿り着く。

……どうやらよく眠っているようで、起きる気配はない。

俺は毛布の端を掴むと、ゆっくりと持ち上げた。

そこにはあられもない姿で眠るアーミラの姿。

寝返りを打つとベッドに投げ出された肢体が悩ましげに蠢く。

「ん……ぅ……」
悩ましげな声を出して頭を動かすと、その金髪がさらさらと零れ落ちた。
黙っていれば中々可愛らしいのに、勿体無い。
ふくよかな胸元に視線を落とすと、そこに乗っていた金属片がきらりと光る。
アーミラのネックレスの先端に付けられているこの金属片こそ、拘束の腕輪の鍵だ。
俺は起こさぬようゆっくり手を伸ばし、鍵に触れようとして――手を掴まれた。
「夜這《よば》い、ですか？　ランガ様」
言葉と共に、アーミラの目がぱっちりと見開かれる。
振り払おうとするが叶わない。
アーミラは起き上がると、俺を引き寄せるべく力を込めてきた。
ぎりぎりぎり、と手首を圧迫される感じ。
(強い……！)
抵抗するが拘束の腕輪で弱体化した俺よりもアーミラの方が力は上。
ぐい――と、そのまま引き寄せられた俺はベッドに組み敷かれてしまう。
優しく、しかし強く。
両手足を押さえつけられ、俺の動きは完全に封じられた。
「ふふ、捕まえちゃいました」
耳元で囁くアーミラの首筋から、蠱惑《こわく》的な匂いが漂ってくる。

何かの香水だろうか、鼻がむず痒《がゆ》くなってきた。

「盗人《ぬすっと》のような真似を……なんていけない人でしょう！　……でもいいです。積極的なランガ様もとっても、とっても素敵ですから……！」

上ずった声でアーミラは言うと、恍惚とした表情で俺にすり寄ってくる。

「放せ……！」

「ふふ、照れているんですか？　うふふ、可愛らしいですランガ様。ご安心ください。私が優しくリードして差し上げますので……」

甘く、誘うような声で囁くアーミラ。

赤みを帯びた唇は俺の耳元から頬をすり抜け、俺の眼前、すぐ側へと移動する。

潤ませた目をゆっくりと瞑り、顔を近づけてくるアーミラ。

「や、めろ……」

「うふふフフフ、聞こえません。何も、聞こえないですわぁ」

嗜虐《しぎゃく》的な笑みを浮かべるアーミラに俺は囁く。

「……から」

「え？　何？　なんですかランガ様ぁ？」

ほとんど密着状態となったアーミラの、小さく形のよい耳元で、俺は言う。

「――迷惑だってんだよ。馬ァ鹿」

同時に、腰を思い切り跳ね上げる。

俺の言葉にショックを受けたのか一瞬アーミラの手が緩み、バランスが崩れ宙に浮いた。

隙だらけとなったアーミラに、俺は左脚に全身の魔力を集中させ、蹴りを放つ。

上体を反らせ躱すが狙いはそこではない。

本当の狙い——首元の鍵を足の指で掴み、引き千切る。

勢いのままに転がりながら、俺は鍵を弾き左手で受け取ると、拘束の腕輪に差し込んだ。

ガチャリ、と音がして拘束の腕輪が外れる。

その瞬間、俺の力が戻ってきた。

「……よし！」

両手足に魔力を漲《みなぎ》らせ、感触を確かめる。

よし万全の状態だ。俺本来の力が戻ってきたと確信した。

一連の動きをアーミラは信じられないといった顔で見ている。

「そ、そんな……どうして……？　如何《いか》にランガ様と言えど、拘束されながらそれほどの力を出せるはずが……」

「拘束の腕輪はそれ自体が簡易の魔術結界を張る道具。つまり腕輪と距離が離れれば効果は薄れる。ごく近い距離でもそれは同じ、故に右手から最も遠い左脚へ魔力を集中させ、攻撃した——というわけだ」

「なんと！　流石はランガ様です。魔道具への造詣《ぞうけい》も深いとは……！」

驚きに目を丸くするアーミラ。

こんな時でも俺を持ち上げるのは変わらない。うーん、悪い奴じゃないんだが。

「しかし！　私諦めは悪い方なのです！」

闇の中、アーミラの目が怪しく光る。

『魅了の瞳《チャームアイ》』。

これは彼女が生まれ持つ固有技で、目が合った者を魅了状態とし、意思を持たない操り人形とするのだ。

そう、先日のレントンのように。

「敬愛し尊敬する我が主、ランガ様を『魅了』するのはともかく操り人形にしたくはありませんでしたが、こうなれば仕方ありません！　しかしご安心ください、腕輪を嵌めなおしたらまた解除して差し上げますから！　カギは二度と外せないよう、奈落の底に捨ててしまいますねっ！」

揺らめいていた魔力がアーミラの瞳に集中し、まばゆい光が放たれた。

緋色《ひいろ》の閃光《せんこう》が闇を貫き、俺を捉える――

「な……！」

眩しさをガードする為に上げていた手を下ろす。

現れた俺の目を見て、アーミラは信じられないといった顔をした。

『魅了《それ》』の目は格下相手にしか効果はない……だろ？」

「し、しかし私の魔力は二〇〇〇〇はあるのですよ!?　僭越《せんえつ》ながら今のランガ様よりは圧倒的に上！　効果はあってしかるべきでは!?」

「……そういえばお前は能力値《ステータス》を読む類の魔眼が使えるんだったか。……ならばそれで俺の魔力、よく見てみるといい」

改めて俺は全身に魔力を漲らせていく。

指先の隅々まで行き渡らせた魔力を増幅、解放していく。

先刻までは抑えていたが、この屋敷には強力な結界が張られている。

結界はそれ自身が強力な魔力を発している為、力を解放させてもバレる事はない。

徐々に大きくなっていく俺の魔力を見て、アーミラは驚愕の表情を浮かべる。

「まさかそんな……ありえません！　五〇〇〇〇……一〇〇〇〇〇……五〇〇〇〇〇……ま、まだ上がっていく⁉」

まだまだ全力には程遠い。

更に魔力を増加させると、全身から蒸気のようなオーラが立ち上っていく。

そしてようやく達する、正真正銘の全力。

「ま、魔力値一〇〇〇〇〇〇〇……‼」

アーミラは目を見開き、足をがくがくと震わせている。

少々驚かせすぎたようだが……とりあえず、まぁこんなところだろう。

「俺もそれなりに修行はしてきたわけさ。世界征服はともかく、生きるには強さは必要だからな」

「しかしそれはあまりに、あまりに……！」

戦意を失ったアーミラに、俺は拳を構えた。

「行くぞアーミラ、真正面を打ち射貫く。全力でガードしろよ」

「は、はぃ――――ッ！」

言い終わったのを合図に、俺はアーミラ目がけ歩を詰める。

魔力は軸足から体幹へ、肩、腕を通り、拳へ、そしてアーミラのかざした腕へと、一瞬にして駆け抜けた。

「か……は……ッ!?」

ずどん！　と砲撃のような音と共に、衝撃はアーミラの腹を突き、内部の空気を絞り出す。

全ての空気を吐き出したアーミラは、調度品をなぎ倒しながら壁に激突した。

どぉおおおおおおおおん!!　と、爆音が響く。

壁に叩きつけられたアーミラは深くめり込み、壁面に蜘蛛《くも》の巣のような大きなヒビを数本作った。

「おお、相当丈夫な壁だな。よほど強力な結界を張っているようだ」

建築物に展開された結界は、壁の頑丈さと比例する。

これだけの結界なら、推測通り俺の力も外に漏れなかっただろう。

「……とはいえ、屋敷の持ち主には悪いことをしてしまったかな」

砕け散った調度品の数々、壁も破損し修復は必須だろう。

すまない持ち主さん。恨むならアーミラを恨んでくれよな。

■■■

パラパラと崩れ落ちる木片、もうもうと立ち上る埃。

その中を揺らめく影――アーミラがよろよろと立ち上がる。

加減したとはいえちゃんと立ってくるか。やはりそれなりには鍛えているようだ。

「はぁ……はぁ……は、ぁ……！」

アーミラは息を切らせながらも、一歩、また一歩と歩み寄ってくる。

まだやるつもりか。

俺も戦闘を継続すべく身構える。

瞬間、ゆらりとアーミラは身体をよろめかせた。

倒れる――!?　思わず抱きとめようとした俺目がけ、アーミラが突っ込んできた。

しまっ――

「ランガ様ぁっ！」

後悔する暇もなく、俺はタックルをされる形でアーミラに抱きつかれ、そのまま押し倒されてしまう。

「ああっ！　ランガ様はやはり素晴らしいっ！　なんだかんだ言いながらも鍛錬は続けておられたのですね！　そして人間の子供の身体でありながらもこれほどの力！　かつてのランガ様の片鱗《へんりん》を感じましたっ！　感じちゃいましたっ！　思わずイっちゃうほどにっ！」

咄嗟に構えるがアーミラに攻撃の意思はなかったようだ。

拍子抜けした俺にアーミラはぐりぐりと頭を押し付けてくる。

「お、おう……」

ドン引きする俺を意に介さず、アーミラは力いっぱい抱き締めてくる。

痛い痛ぃ。

「やはり、やはりランガ様はランガ様だったのですねっ！　私の心配など無用だったのですねっ！」

「なんの話かわからんが……ともあれ俺の勝ちだろう？」

「はいっ！　負けましたっ！　アーミラは完膚《かんぷ》なきまでにランガ様に敗北しちゃいましたっ！　えへっ！」

満面の笑みで敗北宣言するアーミラ。

その笑顔が恐ろしい。早くこの場を離れた方がいいかもしれない。

その前に念押しをしておこう。

「……言っておくが俺は世界も征服しないいし、お前の言う事も聞かん。いいな、わかったな」

「はいっ！　もちろんでございますともっ！　敗者は勝者に絶対服従、それが鬼族の掟でございますから！」

「まぁ今の俺らは人間なワケだが……理解してくれたならいい。じゃあ俺は行くぞ」

「はいっ！　いってらっしゃいませっ！」

微妙な会話のずれがなんだか不気味だが、わかってくれてよかったといったところか。

なんだか妙に聞き分けがいい気がするが……とにかく帰ろう。

もう日も沈んでいる。あの親父でも心配しているだろう。

しかしやれやれ、疲れちまったな。

先刻の衝撃でちょっぴり傾いた別荘を後にし、俺は帰途に就くのだった。

■■■

街に帰る頃には暗くなっていた。結構遅くなったな。

そういえば食事の準備をしていなかったか。

親父、怒ってたら面倒だな……そんな事を考えながら、恐る恐る扉を開く。

「ただいまー……」

「おう、帰ったかランガ！」

酒を飲みながら、親父が俺を迎えた。

どうやらそこまで心配していなかったようで、ホッとする。

「心配させてごめんなさい、遅くなりました」

頭を下げる俺の肩に、親父は手を乗せる。

「いいんだよ。男子たるもの一人で過ごしたい夜もあるさ！　それに心配はしてねぇよ。置き手紙もあったしな」

テーブルの上に置かれた紙には、レントンの家に泊まりで遊びに行ってくると書かれてあった。

俺の筆跡で、である。アーミラの奴、俺の筆跡まで真似れるのかよ。

「ところでよ、お前ん所に女の子が一人、迎えに来なかったか？　長ーい金髪の、可愛い感じの子だ」

「……はぁ？」

迎え？　金髪？　女の子？　嫌な予感が背筋を伝う。

「ただいま戻りました」

聞き覚えのある声に振り向くと、先刻別れたばかりのアーミラがそこにいた。

しかも何故かメイド姿で。

「なっ……お、お前……アーミラっ⁉」

「驚かせちゃいましたね。ランガ様」

ぱちんとウインクをすると、アーミラは悪戯《いたずら》が成功した子供のような笑みを浮かべる。

話についていけてない俺をよそに、親父とアーミラは仲良さげに会話し始める。

「おう、ランガとは会えたみたいだな。アーミラちゃん」

「えぇ、ついでに少しお話をして、仲良くさせてもらいました」

「ガハハ、もう呼び捨てだとはな。意外とやるじゃねぇか！　ランガ！」

「いや、おま、これ、どういうことだっ⁉」

慌てふためく俺を、親父は呆れたような顔で見る。

「なんだ聞いてないのか？」

「聞いてねぇよっ！　全く！　微塵も！　これっぽっちも！」

何がなんだかわからない。

戸惑う俺に、親父が説明をし始めた。

「この子はアーミラ、家族でこの町に住むはずだったんだが、道中で両親を魔物に殺されたらしくってよ、可哀想だから今日からウチで面倒見ることになったんだ。住み込みでメイドとして働いてくれるってよ。な、アーミラちゃん」

「はいっ！」

満面の笑みを浮かべるアーミラを見て、俺は愕然《がくぜん》とした。

「な、何勝手な事を言ってるんだよ！」

「いいじゃあねーか。ちょうど男所帯でむさくるしかったしよぅ。それにお前、身寄りのないこの子を寒空の下に放り出すってのか？　俺はお前をそんな冷たい男に育てた覚えはないぞ？」

「いや、こいつは――」

言いかけて口ごもる。

元魔軍四天王の副官、血の君《クイーンオブブラッド》、その転生した姿といえど、今のアーミラは見た目普通の少女、いや普通の美少女なのだ。

くっ、妙にあっさり引き下がったのはこれが理由か。

一緒にいれば俺をかどわかすチャンスはいくらでもあると。

俺が「やってくれたな」という視線を送ると、アーミラは悲しそうに目元に手を当て、鼻を鳴らし始める。

「いえ、ランガ様の気持ちもわかります。いきなり家族が増えるのはデリケートな問題ですし、受け入れられなくても仕方がありません。……わかりました。最後の路銀でメイド服を調達してきましたが、これ以上ご迷惑はかけられません。私は出ていく事にいたします」

「おい落ち着けよ。アーミラちゃん！　ランガだって気持ちの整理がついてないだけで、すぐに受け入れてくれるさ、な！」

わかりやすいウソ泣きに親父は慌てて駆け寄り、慰めている。

ったく、相変わらず女の涙に弱い親父だ。

悪い女に騙《だま》されても知らねぇぞ。……いや、現在進行形で騙されてるぞ。

親父は冷たい視線を送る俺の肩を抱き、小声で囁く。

「なぁ、考えてみろよランガ、同い年の美少女メイドと一つ屋根の下で暮らせるんだぜ？　友達もうらやましがるぞぉー。それにもう早起きしてご飯も作らなくていいし、掃除もしなくていいんだぞ？　なんの問題があるってんだ？」

「父さんの言葉が問題だらけだよ……」

とはいえ、ふむ。突っ込みを入れながらも、俺は考える。

アーミラは何をしでかすかわからないヤバい奴だ。

目の届く所にいた方が、対処しやすいかもしれないな。

俺はため息を吐くと、諦めたように頷いた。

「……はぁ、わかったよ。父さんの家だしね、好きにすれば？」

「ガハハ、もちろんそうだが、同居人には許可を取っとかねーとな！」

親父は大笑いしながら、ばしばしと俺の背中を叩く。

諦めたように項垂《うなだ》れる俺に、おずおずとアーミラが声をかけてきた。

「……よろしいのですか？」

「もちろんよろしいともさ。小さなメイドレディ？」

わざとらしく礼をする親父の横で、俺は大きなため息を吐いた。

「はいはい、これからよろしくな、アーミラ」

「はいっ！　よろしくお願いしますねっ！　ダリル様、ランガ様っ！」

アーミラが再度、俺に抱きついてきた。

もうどうにでもなれ。

閑話　ある鬼の結末

――失敗した。

しくじった、やらかした、ミスった、失策した、失態を犯した、仕出かした、誤った、間違えた、仕損じた、ポカをした、粗相《そそう》した。

そんな文字が私の頭の中を埋め尽くす。

私の『共有の魔眼』は我が主であるランガ様を通してその視界を視《み》る事が出来る。

眼前に広がるのは我らが魔族の仇敵《きゅうてき》、勇者ども。

彼ら四人は各々武器を手に、ランガ様と向かい合っている。

対してランガ様の味方はゼロ。当然私も遥か遠くにいた。

あの死王《クソリッチ》の仕業だ。

魔軍四天王一の古株である奴は、作戦参謀の名目で我々鬼兵隊《きへいたい》にまで口出し出来る権限を持っている。

奴は魔王城に侵入した勇者を迎撃すべく、我ら鬼兵隊を小分けにして城の各所に配置した。

ランガ様を疎《うと》む奴は、単身で勇者にぶつけるつもりで我々を分散させたのだ……と。

もっと早く気づくべきだった。そうすれば私だけでもランガ様のお側におれたのに。

共有された視界には、ランガ様を追い詰めていく勇者どもが見える。

如何にランガ様といえど相手は人間屈指の実力者、それが四人で襲い掛かってくるのだ。

それをたった一人で……勇者どもの武器にはランガ様の血がべっとりと付いている。

振り下ろされる刃はランガ様の肩を裂き、逞《たくま》しい腕を斬り飛ばした。

片膝を突くランガ様、それでも遠く離れた私には何も出来ない。

「……っ！」

悔しさに唇を噛みしめると、血の味が口いっぱいに広がっていく。

私がお側にいれば、あの腕を治して差し上げるのに。

私がお側にいれば、勇者の一撃を代わりに受けて差し上げるのに。

私がお側にいれば……。

後悔の念で押し潰されそうだ。

今すぐ、ランガ様の元へ向かうべきだろうか……しかし……。

「……様！　アーミラ様！」

部下の声で私は正気を取り戻す。

「右翼がかなり押されています！　如何《いかが》なされますか！」

そう、私もまた動ける状態ではない。

勇者どもと共に攻め入ってきた人間の精鋭部隊は非常に強く、私の率いる鬼兵隊もまた苦戦を強いられていた。

考え込んでいたのは数秒だっただろうか、それだけで戦況は変わりつつあった。

流れは完全に向こう側。

このままでは全滅もありえる。

惚けている暇など、微塵もない。

「アーミラ様ッ！」

部下はすがるような顔で私の命令を待っていた。

いけない、こんな事では。

ランガ様は私にこの場を任す、と言ってくださった。

どうあれそれはやり遂げねばならない。

それにこの場を放棄してランガ様の元へ向かえば、部隊は間違いなく全滅してしまうだろう。

そうなればランガ様に合わせる顔がないではないか。

(やはり、任務を遂行してから行くしかない……！)

目の前の敵を即行で倒し、すぐにランガ様の救援に向かうのだ。

そう決意した私は、深く息を吸い込み、目を見開いた。

「左翼は前進！　中央、右翼は立て直しつつ後退！　私も前に出て敵を包囲する！　者ども、叩き潰すぞ！」

大きく声を張りながら、私は部隊の損傷箇所へと向かう。

『共有の魔眼』はオフにしておく。

（ランガ様の事は気になるが、こんなものを視ながらではとても戦えない。

ランガ様ならきっと……必ず耐えているはず。ですから、待っていてくださいませ……！）

私は魔力を振り絞り、敵の群れへと飛び込んでいく。

■■■

「はぁ、はぁ……」

荒い息を吐きながら、私は辺りを見渡す。

屍《しかばね》は敵味方、入り乱れるように積み重なっていた。

動く者のない、血の平原。

立っているのは満身創痍の私だけだった。

立っているのもやっと、という状態。

しかし私は休む事もなく、踵《きびす》を返す。

「ランガ様……の、元へ……行かないと……」

負傷した足を引きずりながら、私は石畳の廊下を行く。

一歩進むたびに血が滴り落ち、床に赤い染みが生まれる。

最初は点々とだったそれは、徐々に長く、そして太くなっていく。
傷が広がっていく証拠だった。
「か……は……っ！」
咳《せ》き込むと共に口から血が溢れた。
目がくらんだ私は床に膝を突いた。手を突いた。額を擦り付けるように、突いた。
「はぁ、はぁ、はぁ……」
息を荒らげながらも私は芋虫のように這って、前に進む。
ずるずると、無様に、それでも前に。
……どれくらい経っただろうか、血の染みはいつしか水溜まりのようになっていた。
身体の感覚はもはやない。これ以上は動く事も出来なさそうだ。
(ランガ様は、ご無事だろうか……)
きっと生きておられるに違いない。
我々の助力などなくとも、あのお方なら勇者どもを倒し、生還なさるだろう。
それにこんな状態では足手まといにしかならない。
最期にランガ様の雄姿を見たかったけれども……それは叶わぬ願いだろう。
力尽き、目を閉じようとしたその時である。
「……おい、まだ生き残りがいるぞ」
男の声が聞こえた。

目の前にいたのは眩《まばゆ》いほどの魔力を纏った男女が四人。

見間違うはずもない。憎っくき勇者どもだった。

「また鬼族か。手負いのようだが……油断するな！」

「へっ、問題ないさ。さっきみたいな奴がそうそういてたまるかよ！」

また？　さっきみたいな……？　その言葉に私は否応なく反応した。

「アイツはしぶとかったからなぁ。手足を失っても向かってきてさ。まさに鬼神の如くって感じだったぜ」

こいつらは一体、何を言っているのだろう。

ありえない、あのランガ様が、こんな奴らに負けるはずがないじゃないか。

なのに！　なのに何故！　何故こいつらが生きてここにいる!?　ランガ様は!?　一体何が起きている!?

頭の中がぐちゃぐちゃだ。何も考えられない。

私は力を振り絞り立ち上がると、吠えた。

「あああああああああああああああああッッッ!!」

――そこで記憶はぷっつりと途絶えている。

最期に思ったのは、もう失敗しないようにしよう、という事。

何があろうと、ランガ様から離れないようにしよう。

ずっとあの人のお側にいよう。

何を言われても、疎まれようと、殺されても……！　もしも生まれ変わったら今度こそ。

強く、強く念じながら、私は命を落とした。

第三章　転がりゆく平穏

「起きてくださいランガ様っ！　朝ですよ！」

ベッドの上から声が聞こえる。

腹具合から見て、いつも起きる時間ではない気がする。

というか誰が起こしてるんだっけ……親父？　いや、母さん？　寝ぼけた頭で考えながらも、俺は布団を被り直し、ごろんと寝がえりを打った。

「むにゃ、まだ早いよ……」

「まぁ！　そんな事はありません！　日は昇っていますよ、ランガ様っ！」

その呼ばれ方に俺は飛び起きる。

目の前にはメイド姿のアーミラが満面の笑みを浮かべて立っていた。

「おはようございます。ランガ様、いい朝ですね」

「アー……ミラ……？」

「えぇ、えぇ、あなた様の忠実なるメイド、アーミラですとも。ランガ様？」

そうか、思い出した。

昨日からアーミラが一緒に住む事になったんだっけか。

痛む頭を押さえながら、俺はベッドから起き上がる。

「あらいけません、ランガ様ったら頭痛ですかっ!?　丁度よく効くお薬がございますので、どうぞどうぞ」

「お、おう……ありがとな」

頭痛の種がアーミラ本人だとはとても言えない。

薬を手に訝《いぶか》しむ俺を見て、アーミラはくすりと笑う。

「ご安心を、別に変なものは入っておりませんよ。敗北を認めた今、ランガ様を薬や魔術でどうこうしようとは思っていませんので」

「確かに……ごく普通の市販薬のようだな」

貰った薬を飲み干しながら、俺はアーミラをじっと見る。

「先日も言ったがお前が何を言おうと、俺が再び戦いに身を投じる事はない。ウチで暮らすのは構わんが、それだけは理解しておけよ」

「えぇ、わかっておりますとも！」

念を押すと、やはり快諾するアーミラ。

俺が怪しんでいるのをわかったように、説明を付け加える。

「ランガ様が昔とお変わりないのがよくわかりましたから。そうであれば私はただ、ランガ様のお側に置いていただければそれで満足です。今はまだ！」

「……今はまだ、ね」

「はいっ！　それより早くしないと朝食が冷めてしまいますよ」

釈然としないがこれ以上問答しても仕方ないか。

アーミラに連れられ居間に入ると、いい匂いが漂ってきた。

テーブルの上には焼き魚に香草のスープ、焼きたてのパンが並んでいる。

「さぁランガ様、粗食ですが、たっぷり召し上がってくださいませね」

「おぉ、こいつは美味しそうだ」

並んだ朝食を前にして、ついテンションが上がる。

自分で作らない食事ってのはいいもんだ。

椅子に座る俺を見届け、アーミラは部屋を出る。

「私はダリル様を起こしてきますので、先に召し上がっていてくださいませ。何度かお声掛けしたのですが……お疲れなのでしょうか？」

親父め、メイドが来てもだらしないのは変わらずか。

「ほっときゃそのうち起きてくるよ」

「いけません！　メイドが主人の父親を無下にするなどっ！」

「……そうか、まぁ気をつけろよな」

「？　はい、わかりました」

アーミラは俺の言葉に首を傾げながらも、親父の部屋へと向かう。

それを見送りながら俺はずずずとスープを啜る。あ、美味い。

廊下を歩く音が聞こえてくる。続いて扉をノックする音が何度か、そして開ける音が聞こえ、そして——

どたん！　ばたん！　ごとん！　がらがら！　と色々なものが崩れる音が聞こえた。

やれやれ、やっぱりやっちまったか。俺はパンを齧りながら、親父の部屋へ向かう。

「ら、ランガ様ぁーっ」

アーミラは情けない声を出しながら、崩れかけた家具を支えていた。

やっぱりこうなっちまったか。

俺はパンを口に放り込むと、ひょいひょいと崩れかけていた家具を積み直す。

「と、扉を開けたらいきなり崩れて……」

「親父の部屋の入り口は軽くパズルみたいになってるからな。気をつけて入らないとものが崩れる」

「何故ですかぁーっ!!」

親父の部屋はめちゃくちゃ汚く、数十年放置された物置のようになっている。

中をまともに歩けるのは本人だけだ。

なお、当の本人はこれだけドタバタしてもまだいびきをかいていた。

「……んお？　どうしたんだお前ら、そんな所で」

と思ったらいきなり目を覚ました。

のんきにあくびをしながら起き上がると、足元に散らばったガラクタを器用に避けて歩いている。

「父さんの荷物で、アーミラが潰れるところだったんだよ。そろそろ部屋を片づけなって」

「えー、十分片づいているだろー。無駄なものなんて一切ない、効率的かつ機能的な計算され尽くした配置だぞ」

どの口が言ってるんだ、どの口が。

無駄、非効率、非機能性を極めた、混沌空間の間違いじゃないのか。

「そう思ってるのは父さんだけだよ。な、アーミラ」

「仰る通りでございます」

即座に俺の言葉は肯定された。

有無を言わせぬ笑顔と共に。

「えぇー、アーミラちゃんランガの味方なのかよー。おじさんショック受けちゃうなー。片づけないとダメ？」

「ランガ様の、仰る通りでございます」

「どうしても？」

「ど　う　し　て　も　で　ご　ざ　い　ま　す」

親父が往生際悪く粘るが、アーミラは笑顔で首を振った。

こうなったアーミラはてこでも動かない。

それを感じ取ったのか、親父は早々に折れた。

「……はぁ、わかったよ。片づける、片づけます。とりあえず仕事から帰ってからな」

「はい！　朝食の準備は出来ておりますので、どうぞこちらへ」

笑顔のままなのが逆に怖いぞ、アーミラ。

親父は食卓に着くなり、勢いよく食べ始める。

「おおっ！　うめーうめー！　これ美味いぜアーミラちゃん！」

「ありがとうございます。ダリル様もいい食べっぷりで」

親父は勢いよく食事を掻きこみ、すぐに食事を終えた。

「ふい、ごっそさん！　じゃあ仕事に行ってくるぜ！」

「お待ちくださいませ」

立ち上がろうとする親父を、アーミラは止める。

「なんでぇ？　アーミラちゃん」

「食器を洗ってくださいませ。あと自分の汚した場所を拭いてくださいませ」

「えぇ？　待ってくれよ。俺は今から仕事に行かないといけないんだが……」

「く　だ　さ　い　ま　せ　？」

有無を言わさぬ迫力のある、笑み。

親父はその迫力に押され後ずさる。

「う……わ、わーったよ！」

親父は観念したのかさっさとテーブルを拭き、食器を洗って慌ただしく出ていった。

おぉ、あの親父に言う事を聞かせるとは……やるなアーミラ。

「ふぅ、全くなんとも奔放なお父上です。ランガ様のお父上でなければ百回は殺しておりました」

「いや、殺すなよ」

涼しげな顔をして、物騒な事を言い出すアーミラ。

本気でやりそうなところが恐ろしい。

「まぁよろしい。ならば教育すればいいだけですので。かつての我らが部隊のようにね」

四天王時代、俺の部隊の者はアーミラの指示で武器の手入れや掃除、食器の用意から洗浄まで、全て自分で行っていた。

モットーは「自分のケツは自分で拭け」である。

逆らう者は厳罰を受けるのだ。

「さて、じゃあ俺も片づけして学校に行くぜ」

そう言って立ち上がると、俺は食器を洗い始める。

「流石はランガ様でございます。言わずとも理解されていますね」

「いいよ、怖い顔で睨まれたくないからな」

「あら、心外な」

と言いつつも、アーミラは満足げに微笑む。

ちなみにそのルールは俺にも適用されていた。

親父は仕事から帰ってきて、すぐに部屋を片づけさせられた。

それだけでなく、少しは家事をやるようになったのだ。

俺が言っても何一つ言う事を聞かなかったのに……これだけはアーミラが来て、よかったといったところかな。

■■■

「アーミラ＝リリンラと申します。皆様、よろしくお願いします」

アーミラがぺこりと頭を下げると、教室が沸く。

レントンは立ち上がり、歓喜の声を上げていた。

あれからすぐに親父が手続きをし、アーミラは俺と同じ学校に入る事になった。

教会としても身寄りのない子供を放っておくわけにはいかないのだろう。

これもまた仕方のない事である。

「では席は……ランガ君の隣が空いてるわね。しっかりと面倒見てね」

「よろしくお願いしますね、ランガ様」

俺の隣の席に座ると、アーミラは嬉しそうに笑う。

「なぁなぁアーミラちゃん！　また会えたなっ！」

レントンがアーミラの机に自分の机を寄せ、声をかけてきた。

先日、アーミラにスルーされたのは忘却の彼方のようである。

しかも『魅了の瞳』で操り人形にされていたのも知らず……能天気で結構な事だ。

だがアーミラはしつこい男をとても嫌う。

昔は今以上の美貌であったアーミラには、軽薄で口の達者なナンパ男がよく声をかけてきたものだが、その悉《ことごと》くを瞬殺、血だるまにしたものだ。

頼むからいきなり流血沙汰は勘弁してくれよ……祈りながら見守る中、アーミラはレントンに向かって微笑んだ。

「あら、レントンさんでしたっけ？」

「おおっ！　そうそう！　レントンだよっ！　憶えててくれたのかっ⁉　光栄だよー！」

なんと、普通に受け答えをした。

しかもあんなに興味なさげだったレントンの名まで憶えているとは驚きだ。

「いやーアーミラちゃん、ここに越してくる事になったんだな！　運命を感じるぜ！　どこ住み？　この後遊びに行こうよ！」

と、いきなりナンパを始めるレントン。

バッカこいつ、いきなり地雷を踏み抜きやがった。

慌てて止めようとするが、アーミラは平静そのもので余裕の笑みを浮かべている。

ったくひやひやさせてくれるぜ……。

「ランガ様の家で厄介《やっかい》になっていますの。住み込みでメイドとして働いていますす」

と思ったら爆弾発言が投下された。

「何――――っ!?」

がたん！　と椅子を蹴っ飛ばし、立ち上がるレントン。

他の者たちも興味津々といった顔でアーミラに寄ってきた。

「二人は一緒に住んでるのっ!?　兄妹とかっ!?」

「兄妹？　従姉妹《いとこ》？」

矢継ぎ早に繰り出される質問の数々に、アーミラは再度爆弾を落とした。

「家庭の事情でして、血の繋がりとかは特にありませんが……身も心も捧げた方です」

「「えーっ！！？？」」

群がっていた全員が驚きの声を上げる。

その中にはクレア先生もいた。

「何なに!?　どういうこと!?」

「二人はイケナイ関係なのっ!?」

「イケナくはありません。むしろ健全というかなんというか……とても尊い関係なのです」

「じゃあ結婚!?　結婚なの!?」

「それは……なんとも恐れ多い事ですが、そのように在りたいなとは常々……ぽっ」

「大人だー！」

騒ぎがえらい事になってきた。

クレア先生は真っ赤な顔で椅子にもたれかかり、目を回している。

「いけません。いけません。まだ年端《としは》もいかぬ子供でありながらなんと過激な……私ですら未だ経験していないような事を……あぁ！　神よ！　お許しください！」

ブツブツと虚ろな目で懺悔を始めるクレア先生。

完全に収拾がつかなくなっていた。

俺、知らねーっと。

■■■

騒ぎは適当なところで収まり、本日の授業は終わった。

クレア先生は終始疲れていた様子だったが……明日には戻っているといいな。

放課後になるや否や、アーミラは立ち上がり皆を見渡す。

「皆さん、よろしければ一緒に遊んでくださいませんか？」

意外な一言に、全員目が点になる。

俺は特にだ。あのアーミラが皆と遊ぶなんて言い出すとは……それどころか誘われても『お断りいたしますわ』とか言い出しそうなのに……一体どういう風の吹き回しだろうか。

「はいはいはーい！　俺と一緒に遊ぼうぜ！　アーミラちゃん！」

真っ先に手を挙げたのはレントンだ。

「じゃあ私も！」「僕もー！」

次々とアーミラの元に、皆が集まってくる。

おぉ、人気者だ。

「ありがとうございます。ところで皆さん、この学校では普段何をして遊ぶものなんですか？」

「そうだなぁ……色々あるけど、これだけの人数が集まるならやっぱ鬼ごっこだろ！　今一番熱い遊びなんだぜ！　な、みんな！」

「うんうん」「さんせー！」

レントンの答えに皆が賛成する。

「まぁ、いいですね！　楽しそう！」

「じゃあ外に行こう！」

「わ――――い！」

ガヤガヤと騒ぎ立てながら教室を出ていく皆を傍観する俺に、アーミラは手を差し出してきた。

「さ、ランガ様も参りましょう」

「……おう」

皆と仲良くするのは平穏の第一歩。別段断る理由もない。

俺はアーミラの手を取り皆に続くと、今一番熱い遊びに興じるのだった。

■■■

「ふぅ、鬼ごっこ楽しかったですね、ランガ様」

「……まぁな」

夕焼けの中、俺はアーミラと共に帰宅中である。

意外というかアーミラは皆と仲良くし、すぐに溶け込んでしまった。

俺に『ランガ様』というあだ名がついたのは少々計算外の事だったが……。

「どういう腹づもりだ、アーミラ？　実は子供好きだったのか？」

「子供は好きですよ。無垢《むく》で、純粋で、素直で」

アーミラは微笑を浮かべたまま、続ける。

「それ故に染まりやすく、御しやすい。ランガ様の下僕として教育するのにうってつけですから」

「おいっ！」

「ふふっ、冗談です」

くすくすと笑うアーミラだが……全く冗談に聞こえなかったぞ。

物騒なのは相変わらずである。

■■■

夜になって俺は目を覚ました。

起き上がり、横目で隣に置いてあるベッドを見ると、アーミラが寝息を立てている。

（……どうやら寝ているようだな）

アーミラがウチに住むことになったわけだが貧乏暮らしの我が家に空いている部屋があるわけもなく、アーミラは俺の部屋で寝る事になったのだ。

もちろん俺は反対した。男女が同じ部屋はまずいだろ、と。

しかし、『別にいいだろ、子供同士なんだから』と一蹴《いっしゅう》されてしまったのである。

ちなみにアーミラは当然のように大喜びであった。

全く、アーミラが一緒だと行動が制限されるんだがな……わざわざこんな事をしなきゃならん。

俺が深夜に起きた理由は日課の魔物討伐兼、修行。

アーミラと一緒では目立つので、学校の帰りがけには行けなかったのだ。

皆が寝静まった今なら、番兵の監視も緩いし楽に抜け出せるだろう。

「さて、行くとするかな……」

小声で呟きながら、音を立てぬよう起き上がると、

「どちらに行かれるのです？　ランガ様」

むくりと起き上がるアーミラ。

その目はパッチリと開いていた。

狸寝入りかよ、ちくしょう。

「……トイレだよ」

俺が誤魔化そうとすると、アーミラはお見通しといった顔でクスクス笑った。

「ふふっ、相変わらず嘘の下手なこと。そこがまた清廉潔白《せいれんけっぱく》なランガ様らしいですが。恐らくですが、秘密の修行とか！　ズバリそういうのではないでしょうかっ!?　あ、そのため息は当たりですねっ!?」

　まさにピタリと当ててきやがった。

「……全くお前は恐ろしい奴だよ」

「ランガ様のお考えになる事くらいわからずして、どうして副官が務まりましょう。それよりお供してもよろしいですか？」

「ダメと言ってもどうせついてくるんだろ？　……好きにしな」

「言わずとも想いが伝わる……なんだかランガ様と通じ合っているようで嬉しいですわ」

　アーミラは両手を頬に当て、もじもじと腰をくねらせている。

　お前の言いたい事くらい大体わかるわ。

■■■

「それでは張り切ってまいりましょう！」

　家を出たアーミラは、小声で『おー』と言いながら片手を上げた。

　俺も続いて夜道を歩く。

　しばらくすると、いつもの抜け道に辿り着いた。

「こっちだ。抜け道を作ってある」

「なるほど……藁で隠しているのですね」

藁を除け、壁に開けた穴を通り抜けると街の外へ出た。

「荒野で魔物を狩る。とりあえずついてこい」

「わかりました！」

アーミラを従え、荒野を歩いていると夜闇に蠢く塊を見つけた。

「ゼル……ですね。しかしこの程度の魔物を倒したとて……」

「修行にはならんか？　まぁ見ていろ」

俺が近づくのに気づいたのか、ゼルが体内にある目を向けてきた。

アーミラには下がらせたまま、向かい合う。

「シュー！」

全身から触手を生やし向かってくるゼル。

俺はそれを軽くいなしながら、いつも通り身体強化の魔術をかけていく。

そのやり取りは次第に速くなり、アーミラは目を見開いた。

「な、なんと……そのような修行法があったとは……不定形の魔物であるゼルには筋力による限界はないし、相当レベルまで身体強化が可能……！」

「そんな……ほっ、ところ……だ！」

触手の速度はすでにゼルの限界値辺りまで上がっていた。

こいつは個体値が低いな。俺には少し物足りない相手だ。

「アーミラ、代わってみるか？」

「よろしいのですか？」

「あぁ、だが——気を抜くなよ」

俺はゼルに肉薄すると、加減した蹴りをぶち込んだ。

吹っ飛ばされたゼルはアーミラの方へ転がっていく。

「シュウゥゥゥ……！」

ゼルとアーミラの目が合う。

どうやら今度はアーミラを標的としたようだ。

アーミラもまた、戦闘態勢に入る。

「……貴方に恨みはありませんが、ランガ様に我が有能さをアピールをするいい機会ですので」

「シャー!!」

奇声を上げながら触手を振り乱し、ゼルはアーミラに襲い掛かる。

振り下ろされる触手を手刀にて切断を試みるアーミラ。

だが、触手は切り落とされることなくその手にへばりついた。

「な……！」

「ゼルの身体は長時間触れるとネバつく。魔力でガードするか、触れる箇所を最小限にするか……というか両方やるんだ」

「ひいっ！　無茶ぶりですーっ！」

「シャーッ！　ギシャーッ！」

降り注ぐ触手の雨あられ。

アーミラは両手に魔力を纏わせ、必死に抵抗するが次第に防ぎきれなくなっていく。

ここまでだな。俺は両者の間に入ると、襲いくる触手を全て弾き飛ばした。

「ランガ様……！」

「悪いな。ちょっと無茶をさせすぎた」

無意識に自分の感覚を押し付けてしまうのは俺の悪い癖だ。

俺のやっている修行をアーミラが簡単にこなせるはずもない。

ゼルを睨みつけると、拳に魔力を込める。

「……というわけで、さよならだ」

「ギ――」

ゼルが声を発する暇もなく、俺はその中心に拳を叩きこんだ。

魔力を叩きこまれたゼルは膨張し、破裂し、消滅した。

「……ふぅ、大丈夫か？」

惚けた顔でへたり込むアーミラに手を差し伸べる。

「あ、ありがとうございます……」

俺の手を取るアーミラの身体は、ゼルの粘液でべっとりと濡れていた。

「おう、気にするな……というか俺が悪かった。すまん」

「いえ、力不足を痛感いたしました。ランガ様は毎日このような修行を積んでいたのですね……」

「勘違いするなよ。平穏に暮らすにはある程度の力が必要なだけだからな」

「ある程度……でございますか」

アーミラはそう言いながら、白い目を向けてくる。

いや、このくらいは普通だと思うんだが。

「やはりというか、流石はランガ様ですね。感服いたしました」

「お、おう……」

アーミラの呆れたような敬うような言葉に、俺はなんだか不条理な気持ちになるのだった。

■■■

「とりあえず、そのヌメヌメを取らないとな。近くに川があるから行くぞ」

「申し訳ありません。私の不徳のいたすところでした。やはり私はまだまだです。もっと修行を積まねば……！」

アーミラは闘志を燃やしていた。

変にやる気にさせてしまったかもしれないな。

ともあれ俺たちは街の近くを流れる川へ辿り着いた。

「ほら、入ってきな」

「わかりました。……ところで、見ないでくださいね？」

言うが早いか、アーミラはしゅるりと衣服を脱ぎ始めた。

俺の目の前で、である。

「おまっ！　何してるんだよ！」

「何って脱いでおりますが……」

思わずツッコむが、構わずするすると衣服を脱ぎ捨て全裸となる。

「見るなというなら見えない所で着替えろっての！」

「ふふっ、相変わらず初心《うぶ》ですこと。そういうところも素敵なのですが」

唇に手を当て、蠱惑的な笑みを浮かべるアーミラ。

やっぱりわざとじゃねぇかよ。

「はぁ、全く……いいよ、俺が出ていくから」

「あら、残念ですねぇ」

会話しながらもアーミラは相変わらず全裸のままである。

「お前は少し恥を知れ、恥を」

「ランガ様だけに特別、ですよ」

アーミラはウインクを一つして、近くの岩陰に入っていった。

全くもって困った奴である。

しばらくすると水の中に入ったのか、ちゃぷちゃぷと音が聞こえ始めた。

水浴びを始めたようである。

「絶対こっち見ないでくださいねー！　あとそこから動かないでくださいねー！」

街の外には魔物が出現する。

裸とはいえアーミラがここらの魔物に後《おく》れを取るとも思えないが、脆弱《ぜいじゃく》な人間の身体である。

万が一という事もある……とアーミラに説得されたのだ。

故に俺は、岩陰に待機していた。

「見ないでくださいね！　私は今隠れる場所も隠すものもなく、無防備な全裸を晒しているので、大切な部分や過激な部分が丸見えになっているので、絶対に見ないでくださいねっ！」

「うるせー！　見てないだろうが！」

妙にしつこいアーミラにそう返す。

「……ランガ様は押すなと言われて素直に押さないのですか？　見るなと言われて素直に見ないのですか？　フラグという言葉をご存じないのですか？」

不満げによくわからないことを言い出した。

何言ってんだこいつ。

「何をわけのわからんことを……最初から見ないと言ってるだろう」

「はぁ……おいたわしや……人の気持ちがわからないとは、なんとも痛ましい事です。しかし王たるもの、愚民の心など知る必要なしといったところでしょうか……」

大きなため息を吐くアーミラ。

なんだか馬鹿にされている気がするぞ。

「いいから早く終わらせてしまえ」

「はぁ、そうですね。覗かれないのであれば、いつまで待っていても詮《せん》無き事ですし。全く、風情も何もあったものではありませんね」

そう言うとアーミラは、さっさと上がり始める。

魔術で濡れた服を乾かし、俺の前に出てきた。

すぐ出てこれるなら待たせるなっての。

■■■

「さて、それでは修行の続きを始める。お前のな」

「はっ」

改めてアーミラを従え荒野を歩く。

アーミラは思った以上に魔力の制御が出来ていない。

このままでは俺の足を引っ張ることになるだろうし、それはアーミラ自身望むことではないそうだ。

だから鍛える。俺の平穏の為に。

しばらく歩くと、再びゼルを発見した。

「さて、お手並み拝見と行こうか」

「わかりました……！」

そう言ってアーミラは構え、全身に魔力を漲らせていく。

「こらこら、そんなに魔力を駄々洩れにするんじゃない。夜の荒野とはいえ、そんなに魔力を出したら波動を感じ取って誰が来るかもわからんだろう。もっと魔力を抑えろ」

「は、はい！　すみませんっ！」

強い魔力を発現させると、離れた場所からでも察知される恐れがある。

深夜、しかもこの辺境ならばそう感知出来る使い手もおるまいが、万が一という事もある。

この際だからアーミラに魔力制御も叩き込んでおこう。

「両掌に最小限の魔力を込め、ゼルの攻撃を弾け。身体強化の魔術をかけながらな」

「はい！　……ってやぁぁぁぁぁ!!」

元気よく返事をし、アーミラはゼルに向かっていく。

触手を生やし反撃するゼル。

アーミラはそれを丁寧に受けながら、ゼルに身体強化の魔術をかけていく。

一回目、二回目、三回目……まずは順調なようだ。

「く……っ！」

だが七回目辺りで、アーミラの動きが怪しくなってくる。

動作は不安定になり、身体に纏う魔力にも安定感が失われ、ゼルの攻撃も捌ききれなくなってきた。

この辺りが限界のようだ。

「よし、ゼルへの身体強化はそこまでだ！　その状態で出来るだけ戦ってみろ！」

「……は、はいっ！」

ゼルとアーミラのやり取りが始まった。

触手を魔力を込めた手で叩き落とし、落とし、落とし続ける。

俺から見ると遊んでいるようにしか見えないような速度だが、アーミラの表情は真剣そのものだ。

その精度は徐々に落ちていき、次第に防戦一方になっていく。

「はぁ……っはぁ……！　はひーっ！　き、きついです！　ランガ様！」

「まだだ！　ギリギリまで粘れ！　限界を超えねば力にはならないぞ！」

「ひぎぃーっ！　インテリ頭脳派の私にはしんどいですーっ！」

「いいから頑張れ！　気合いだ！」

泣き言を言うアーミラに俺は活を入れる。

アーミラはベトベトになりながらゼルの触手を受け続けているが、そろそろ限界が近そうだ。

「おーい、もう無理かー？」

「ですーっ！」

「……わかった。では倒してよし」

「ふぎゅーっ！」

アーミラは情けない声を上げながら、魔力を込めた拳をゼルに叩きつける。

めりめりめりめりと軋むような音がして、ゼルは遥か彼方へとぶっ飛ばされ、川の中へドボンと落ちた。

うーん、飛んだな。

「はぁ、はぁ、はぁー……」

アーミラは地面に身体を投げ出し、ぐったりしている。

「おい、もうバテたのか？」

「ランガ様の……はぁ、修行は……ぜぇ、少々きつくて……」

むぅ、だらしないが頑張った方なのかもな。

昔も、俺の修行についてこれる奴は本当に少なかった。

部隊でもアーミラの他に数名しかいなかった。

「まぁ、よくやったよ」

なので照れくさいが、一応褒《ほ》めておく。

アーミラの顔がパッと明るくなった。

「では……その……頭を撫でていただけますか……？」

「それは断る」

「えーっ！　ひどいですーっ！」

悲しそうな声を上げるアーミラだが、調子に乗りすぎである。

俺は代わりに額をぺちんと叩くが……それでも何故か嬉しそうだった。

■■■

しばらくして修行を終えた俺たちは街へ帰る。

まだ夜中、親父を起こさないように足音を忍ばせて家に入り、床に就く。

尤も心配する必要もなく、親父はその間もずっと寝息を立てていたが。

「……ダリル様、全く起きる気配がありませんね」

「危機感ゼロだな。あれで番兵が務まるんだろうかね」

まぁ他の番兵もいるし、大丈夫だと思いたい。

布団を被るとすぐに睡魔が襲ってきた。

身体を動かした後はすぐ眠くなるんだよな。

「ランガ様ぁー。夜は長いです。寝かせませんよー……むにゃ」

アーミラの寝言を聞きながら、俺は寝息を立て始めるのだった。

■■■

「ねぇねぇアーミラちゃんてさ、ランガ君の事どう思ってるの？」

翌日、レントンと休み時間の玉蹴りから帰りがけの事である。

教室に差し掛かった俺はそんな女子の声を聞いた。

「あてっ、なんだよランガぁ、急に止まるなって」

直後、俺の背中にレントンが当たった。

なんか面倒臭い事になりそうだし、追い払った方がいいか。

「なぁレントン、あっちでクレア先生が呼んでたぞ？」

「何ーっ!?」

ウキウキ顔で駆けていくレントンを見送った俺は気配を殺して中の様子を窺う。

教室にいるのはクラスメイトの女子が数人、それに囲まれる形でアーミラが立っていた。

その中の一人、リーダー格らしき女子がアーミラに詰め寄る。

「ねぇ、どうなのよ。ランガ君とあんた、どういう関係？」

明らかに害意を持った雰囲気だった。

絡まれるような事をした覚えのないアーミラは、ただ不思議そうに首を傾げている。

「はぁ、単なる主従関係ですが」

「トボけてるんじゃないわよ！　何よシュジュウカンケイって。どういう事かって聞いてるの！」

「と、言われましても……？」

アーミラは本当に何がなんだかわからないようである。

俺も同意だ。この子は一体何を言っているのだろうか。

だが彼女らは相当に苛立っている様子だった。

しびれを切らした一人が、アーミラに掴みかかろうとする。

「聞いてるんだけどッ！」

声を荒らげる女子を前にアーミラの目が鋭く光る。

女子の動きに対応すべく、拳を握りかけていた。

（おいおい……！）

俺はそれを止めるべく、教室に踏み入ろうとした。その時である。

「あーっ！」

大きな声を上げたのは離れた席で座っていた女子だった。

俺を含めた全員の視線が集まる。

栗色の髪を左右二つに束ねた少女、そばかすのついた赤い頬と大きな目、太い眉が素朴な印象を与えていた。

名前は確かナージャ、だったか。

花壇の世話係をやっているような、クラスでも地味な少女である。

ナージャはアーミラに近づくと、その手を取った。

「お花に水をやらないと！　アーミラちゃん、手伝って！」

「……はぁ」

困惑するアーミラを連れて駆けだすナージャ。

しばし茫然としていた女子たちだったがようやく我に返ったのか、

「……っ！　ま、待ちなさい！」

二人を追いかけようとした。

だがその前に俺が立ち塞がる。

「やぁみんな。こんな所でどうしたの？」

「ラ、ランガ君……」

「な、なんでもないわよ～あはは～」

「ね、行こ行こ！」

俺の質問に彼女らは、顔を赤らめながら散らばっていった。

うーむ、一体なんだったんだろうか。

■■■

その後、俺が庭へと向かうと、二人は花壇の前で腰を下ろしていた。

「はぁ、はぁ……」

荒い息を吐くナージャと反対に、アーミラは余裕の表情だった。

「ナージャ……さんでしたか。何故このような事を？」

「ナージャでいいよ。アーミラちゃん。えへへ」

屈託のない笑顔を浮かべながら、ナージャは続ける。

「あの子たちね、ランガ君の事が好きなんだ。だから仲良くしているアーミラちゃんに意地悪をしたかったの。許してあげてね」

ナージャの言葉に俺は首を傾げる。

俺はあの子たちと話した事もなければ好意を抱かれるような事もしていない。

というか、いつも遠巻きに俺の方を見てるくせに目が合えばそっぽ向かれたりして、むしろ避けられていたような気さえするほどだ。

それがどうしてこうなった……わからん。

「……なるほど、殺します」

そう冷たく呟いたアーミラの目は殺意に満ちていた。

おいやめろ馬鹿。

「わーっ！　待って待って！　待ってってば！」

くるりと踵を返して教室に向かおうとするアーミラを、ナージャが止める。

「何故です？　もしやあなたもランガ様を？」

「違うの、私はその……アーミラちゃんともっと仲良くなりたくて！」

その言葉にアーミラも、俺も目を丸くした。

ナージャは安堵の表情を浮かべていた。

「はぁ……やっと言えた。話しかけようとしてたんだけど、中々機会がなかったから。ようやく話せて嬉しいわ」

「私と仲良く……？」

「うんっ！　アーミラちゃんかっこいいし、可愛いし、面白いんだもんっ！」

満面の笑みでアーミラの事を『面白い』と言い放つナージャ。

「だって『子供は好きですよ。無垢で、純粋で、素直で、それ故に染まりやすく、御しやすい。ランガ様の下僕として教育するのにうってつけですから』……だっけ？　おかしいじゃない。面白いじゃない。お話の中の人物みたいでかっこいいっ！　あれって演劇か何かの練習？　だったら私も仲間に入れてほしいの！　ねぇお願い！」

「えぇ……と」

目をキラキラさせるナージャにアーミラは困惑していた。

どうやらあの時の会話を聞かれていたようだ。

幸いというか、妙な勘違いをしているようだが……アーミラは少し考えた後、言葉を返す。

「……えーと、そうですね。ですが別に演劇の練習などではありませんよ。私もランガ様も、ただあのようなやり取りが好きなだけですから」

「あら、それはわかりみがあるわね。私も好きよそういうの」

ナージャは芝居がかった仕草で、アーミラにウインクをした。

まるでなんらかの役になりきっているような感じ。

思春期の少年少女は本などの登場人物に憧れ、自分も真似をすることがあるという。

ちょっと大人のごっこ遊びというべきか。彼女は特にそういうのが好きなのだろう。

俺たちも同類と勘違いされているようだが、まぁこれはこれで好都合かもしれない。

アーミラもそう思ったのだろう、ため息を吐くとくすりと微笑む。

「……そうですね、『貴女を歓迎しますよ。盟友ナージャ』」

芝居がかかった仕草で手を差し出すアーミラの、

「……『えぇ』っ！」

その手をナージャが取った。

やれやれ、なんだか妙な事になったが……無事誤魔化せているようだし、よしとするか。

仲良さげに話す二人に背を向け、俺は教室に戻るのだった。

■■■

「はっ、はっ、はっ、はっ……」

一定のリズムで聞こえる呼吸音で目を覚ます。

大きく伸びをしてベッドから起き上がった俺は声の方、窓の外を見下ろす。

そこには動きやすいトレーニングウェアに身を包んだアーミラが走ってくるのが見えた。

「はぁ……ふぅ……」

どうやらランニングから帰ってきたところのようで、タオルで顔をぬぐう。

汗で服や髪が肌にぺったりと張り付き、呼吸を整えていた。

どうやらかなりの時間、走っていたようだ。


それを見て俺は昔の事を思い出す。

四天王時代、部下が多くなってきた頃だったろうか。

俺は部下全員に鍛錬として朝のランニングをやらせていたのである。

単純だが効果は高く、基礎体力の向上はもちろん、やる気のないヤツは辞めていき部隊の戦力強化に一石二鳥だった。

それから何年か経って、ある程度部隊が安定したから各自の自主判断に任せていたのだが……。

「あいつ……もしかしてまだやってるのか？」

当時から今までだと、一〇〇年とかそのくらいだぞ。真面目かよ。

しかもアーミラは四天王時代、朝練の時は一番に俺の元へ馳せ参じていたのだ。日々どれくらい寝ていたのか……恐ろしい奴である。

余談だが俺は朝が弱く、朝起こしに来られるのはありがたかった。

朝起きて目の前にアーミラがいるのはちょっと引いたが。

そんな事を考えていると、トントンと階段を上がってくる音が聞こえてきた。

「いよっ」

扉を開けたアーミラに声をかけると、一瞬驚いたような顔をした。

「ランガ様、今朝はお早いですね」

「お前に言われたら嫌味だよ」

俺は苦笑しながらアーミラに言った。

「昔に言いつけた朝ラン、まだやってたんだな」

「あ……！」

俺の言葉にアーミラは、顔を赤くする。

照れくさそうに髪の毛を弄りながら、小さな声で呟く。


「み、見られていたのですか……」

「何故照れる？　俺は褒めているんだが？」

「それは……その、昔の事を思い出してしまいまして……」

「昔……？」

アーミラの言葉に俺は首を傾げた。

不思議がる俺にアーミラはぼそぼそと続ける。

「ほ、ほら昔は私、走るの苦手だったじゃないですか……それで足手まといになってて……」

「あぁ……」

言われてみれば、思い出してきた。

四天王時代、俺は部隊全員にランニングをやらせていたわけだが、当時のアーミラは確かに遅れがちだった覚えがある。

魔眼持ち故に魔術特化だったアーミラは、身体能力の強化がおろそかになっていたのだ。

それをみんなにからかわれ、いつも最後尾を半泣きで走っていたっけ。

「いやぁ、頑張っていたなぁ」

「ランガ様が見守っていてくれたので……」

頬を赤らめて言うアーミラだが……そんな事したっけか？

全く憶えていないがまぁいいか。

そういう事にしておこう、うん。

「そうだ！　ランガ様も一緒にどうですか？　これから腕立て、腹筋、スクワットを一〇〇回ずつやる予定なのですがっ！」

「お、おう……」

いつの間にかランニング後の筋トレが自主的に追加されていた。

昔の虚弱さはどこへやら、アーミラは逞しく成長したようである。

■■■

というわけで、俺はアーミラと街を抜け出し荒地へ来ていた。
ちなみに本日は休校。
週末は神の祝福の日とされ、全ての民は休息を命じられている。
しかしそれも妙に燃えてるアーミラには関係のない話だが。
「さぁっ！　まずは腕立てからしましょうか！」
張り切るアーミラに呆れながらも、俺も同じ姿勢をとる。
やれやれ、たまには付き合ってやるか。
こういう地味な鍛錬も重要だしな。
身体能力が向上すれば、魔力の制御と相まってより大きな力を生み出せる。
それ故にこの手の特訓は負荷をかける為、魔力を完全に断った状態で行う。
アーミラもそれは当然理解しており、ランニング以降も魔力は断ったままだ。
「いーち、にーい……」
俺はアーミラの声と共に、腕の曲げ伸ばしを続ける。
数字を読む声と吐息の音だけが荒野に響く。
どれくらい経っただろうか。
「……きゅうじゅうきゅう……ひゃく！」
子供の身体とはいえ今まで十分に鍛えていた俺だ。
あっさりと全てをこなしてなお、余裕があった。

額の汗を軽くぬぐい、アーミラの息が整うのを待つ。

「はぁ……ひぃ……さ、流石です。ランガ様……」

「おう、お疲れ」

アーミラは息を荒らげながら、ぐったりしていた。

というか俺はランニングしてないからな。

流石でもなんでもない。

「しかし朝の運動は気持ちいいな。たまにはいいかもしれない」

「おおっ！　それではこれからもご一緒いただけるのですかっ⁉」

「た、たまにはな……」

いくらなんでも毎日は面倒臭い。

休日だけにしておこう。

「さて、せっかく外まで来たし、ゼルでも狩っていくか？」

「はいっ！　では遠見《とおみ》の魔眼でゼルの群れを探しますね」

そう言うとアーミラは目に魔力を集中させていく。

アーミラの魔眼はこういう時に便利だ。

しばらくきょろきょろと辺りを見渡した後。

「……いました！　魔物の群れです。ゼルが六匹と、ゴブリンが二匹と……」

そこまで言って、アーミラは口ごもる。

「ん、どうしたアーミラ。報告を続けろ」

「いえ、その……」

しかしアーミラは言葉を濁している。

向こうに何かあるのだろうか。

（ふむ……？）

俺は薄く魔力を引き延ばし、視線の方へ向けて放つ。

これはセンサーのようなもので、触れた物体をある程度感知することが出来るのだ。

大体は生物、魔物など魔力が大きいものであれば、より強く感知出来る。

ただし欠点があり、向こうにも俺の存在を知られてしまうのだ。

とはいえ、この荒野に俺の存在を知ってどうこうするような奴がいるとは思えんが……む。

アーミラの言葉の通り、俺は数体の魔物を感知した。

その中に一つ、異常に高い魔力を持つ者がいる。

これは……魔族？　しかもこの感覚……どこかで感じたことがあるような……？

戸惑っていると、相手はこちらを向いてきた。

どうやらそいつも俺に気づいたようで、両足に力を込め、跳躍してきた。

ひゅぅぅぅぅぅぅぅ、という風切り音の後。

ずずずん！　と土埃を舞い上げて地面が揺れた。

土煙が晴れるとそこには、筋骨隆々とした大男がいた。

顔に被った白い面の隙間からは、鋭い牙が覗いている。

「おおお……なんだか懐かしい魔力を感じて来てみたら……アンタもしかして、ランガの大将じゃあねーですかい？」

「……ムーアか？」

かつての俺の部下、鬼軍師団長の一人である大鬼のムーア。

所謂《いわゆる》突撃隊長というやつで、荒くれ者を纏め上げる巨体の男だ。

パワー馬鹿で突っ込んで暴れるのが得意な脳筋《のうきん》だがそれ故に突破力は頭一つ抜けている。

鬼軍では俺に次ぐ戦闘力を誇ると自負していたが……まぁ確かに単純な力は俺に次ぐレベルだろう。

しかもムーアはあの時のまま……いや、それより少し大きくなっていた。

「生きていたのか」

「へへ、まぁそうっすわ。勇者どもから命からがら逃げおおせ、なんとか生き延びたんすよ。その間に部下どもは散り散りになっちまいましたがね」

以前と同じ、ふてぶてしい態度で俺の質問に答えるムーア。

いや、以前よりも少し態度も大きいような……？

「しっかし大将、アンタ小さくなっちまいやしたねぇ！　最初は気づきませんでしたよ。人間の子供に転生って感じっすかね？　はははは」

気のせいではない。

明らかに俺を軽んじた発言にアーミラがムッとした顔で前に出る。

「ムーア！　ランガ様を軽んじる発言は許しませんよ！」

「あぁん？　なんだテメェ……？」

どうやらムーアはアーミラに気づいていないようだ。

指示を受ける俺はともかく他の連中の魔力の波動までは憶えていないだろうからな。

だがすぐに気づいたようだ。

「……ん、お前もしかしてアーミラか？」

「そうだ。ランガ様と同様、人の身に転生した」

「ふぅん、へぇ……」

ムーアはアーミラをジロジロと見た後、

「……ぶはっ！」

思い切り吹き出した。

「ぎゃっははは！　いやぁこいつはケッサクだ！　ひ弱なアーミラちゃんらしいぜ！」

大笑いするムーアに、アーミラは憤りの目を向けた。

「何がおかしいのです」

「おかしいねぇ！　アレか？　もしかしてまた昔みてぇに大将に特訓付き合ってもらってたのかぁ？　ははっ！」

そういえばムーアの奴、遅れがちなアーミラをいつもからかってたっけか。

「思い出すなぁ！　毎日毎日走り込んでたがよ、いーっつもお前、ビリだったもんなぁ！　しかも周回遅れ！　まぁ仕方ねぇよ。弱っちぃ奴は何をやってもダメなもんだからよ！」

「く……」

そういえば昔、足の遅いアーミラにムーアがしつこく絡んでいたっけか。

完全なる格上相手にはアーミラといえども強く出れない。

何せ魔界というのは弱肉強食、弱者が侮られるのは当然の事なのだ。

ムーアの態度が大きくなったのも、俺とアーミラが人の身体になったからだろう。

「まぁでも？　いいじゃあねぇか。憧れのランガ様と同じ人間の身体になれてよぉ。俺ならそんな貧弱な身体、死んでもごめんだけどな！　ぎゃっはっは！」

「貧弱、ね」

苦笑する俺に、ムーアは片眉を跳ね上げる。

ゆっくりとこちらを向き直り、俺の眼前に寄り立つ。

見下ろすムーアの背丈は俺の倍ほどであった。

「……なんすか大将。俺なんかオモシレーこと言いました？」

不機嫌そうな声で俺に問うムーア。

その態度がまた三下《チンピラ》っぽく、俺がまた苦笑するとムーアは眉を顰める。

「悪い悪い。そういうお前は全く変わっていないと思ってな」

「変わってない？　俺がスか？」

「あぁ、自分をデカく見せる為にデカい口を叩くのはわかるがそういうのは本当に強い奴からは逆に弱く見える。だからやめろと教えたはずだが？」

「大将……！」

ムーアは鼻息を荒くして言うと、俺の前に一歩近寄った。

今にも俺の胸ぐらを掴みそうな勢いだった。

「いくら大将とはいえ、俺とて男だ！　そうまで言われちゃあ黙ってられませんぜ！　それによぉ、大将だって以前と同じじゃねぇんだ！　従う理由もないんですぜッ！」

「ムーア、貴様っ！」

飛び出してくるアーミラを手で制し、ムーアをじっと見つめる。

「そりゃあアレか？　自分の方が今の俺より強い、と？」

「……違うんですかい？」

一瞬戸惑った後、ムーアは言い切った。

激昂するアーミラがムーアの胸ぐらを掴んだ。

完全に頭に血が上っている様子だった。

「ムーアッッ！！」

「ランガ様……私の我慢はもう限界です。この男を殺させてください……！」

「あン？　おうコラ貧弱っ子、今聞こえちゃいけねぇ言葉が聞こえた気がしたが？　俺を殺すと、そう言ったのか？」

「えぇ言いましたとも。殺すと、殺すと申しました。このドサンピンをね」

睨み合う二人を見ながら、俺は内心ほくそ笑む。

――計画通り、と。

「よし、お前らちょっと勝負してみるか」

「えっ？」

意外そうな顔をする二人に言葉を続ける。

「ムーアお前、俺たちの事をナメてるだろ？　いや、それが悪いと言っているわけじゃあない。構わないさ。弱者を見て調子に乗るのは人間も同じ。魔族のお前は特にそうだろうよ。だから、わからせてやろうと思ってな」

「し、しかしそれならば何故私に……ランガ様がお相手なされればすぐにでもこんな者捻《ひね》り潰せるのでは……？」

「俺じゃちょっと腕が短いからな……えーと、あの岩がいいか」

そう言って俺はキョトンとする二人を目についた岩の側へと連れていく。

丁度俺の目線くらいの高さの岩、その上面はテーブルのように平らになっていた。

「大将、こいつは……？」

「見てわかるだろ？　腕相撲だよ」

魔界では格付けを行う際、腕相撲で決めることが多い。

単純な腕力勝負故に正確な戦闘能力を測ることは出来ないが、手軽さとわかりやすさから重宝されている。

しかし俺の提案をムーアは鼻で笑う。

「はっ！　何を言い出すかと思えば……大将ならまだわからねぇかもしれませんがね。貧弱っ子のアーミラ相手にこの俺が負けるわけがねぇでしょうが」

「さて、それはどうかな。アーミラはあれから毎日鍛えてきたぞ。お前はどうなんだ？」

「俺は……どうでもいいっしょ！　大体アーミラは人間の身体だ！　少々鍛えた程度でどうにかなるとは思えませんなぁ？」

変わらず大口を叩くムーアに、俺はため息を吐く。

「さっき俺が言ったこと、もう忘れたか？　口だけ野郎はダサいぜ」

俺の言葉にムーアは口を閉じ、岩の前に腰を下ろす。

岩に突いた太く長い腕は、俺の倍近くある。

節くれだった指がゴキゴキと鳴っていた。

「……いいでしょう。だがアーミラとやった後は大将、アンタが相手してくださいよ」

「勝てたら、な。……アーミラ、頼むぞ」

「し、しかしランガ様……」

不安そうなアーミラの背に、俺はポンと手を当てた。

「大丈夫だ。お前は昔と同じじゃない。勝てるさ」

「ランガ様……」

先刻まで不安そうだった目がきらりと光る。

涙、しかしアーミラはそれを零す前に、袖で目元をぐしぐしとぬぐった。

「……わ、わかりました！　やってみますっ！」

「おう、頑張れ」

「はいっ！」

そう答え、俺に背を向けるアーミラ。

背中越しでもわかるほどに燃えていた。

アーミラはムーアと向かい合うと、岩に肘を突き手を合わせる。

今にも殺さんばかりの凄まじい「圧」を互いが発していた。

二人には、それ以上の言葉は必要なかった。

俺は二人が合わせた手に手を乗せる。

「それでは、レディ……ゴッ！」

俺が手を離した瞬間――――ぎしり、と肉と骨が軋む音が鳴る。

二人の合わせた手を中心に、魔力が轟々と吹き荒れる。

俺の髪がふわりと揺れてなびいた。

「ぬ……ぐ……ッ!?」

驚きの表情を浮かべるムーア。

当然だろう。何せ舐め切っていたアーミラと互角なのだ。

額には汗を浮かべ、力を込めているが……動かない。

拮抗《きっこう》――否。僅《わず》かだがアーミラの方が押していた。

「……!?」

驚いているのはアーミラも同じだった。

かつては自分を圧倒していた相手と、互角にやりあっているのだ。

信じられないのも無理はないだろう。

だが、俺にしてみれば当然である。

昔、下級魔族だった俺たちが魔力を使えるようになったのは、生まれてから随分経ってからだった。

魔力の制御を極めるのは相当に時間がかかるものだ。

四天王だった俺ですらまだ半人前……しかし人間の子供に転生してからは一気に成長しているような実感があった。

幼少時の成長は伸び幅が大きい。それは魔力も同じである。

生まれた時から魔力に触れてきた上位の魔族たちは、大した修行をせずとも圧倒的な力を持っている。

単純な魔術勝負では、生まれた時から上位魔族である連中には敵わない。

それを俺たちは日々の鍛錬で覆してきた。

正確には魔力を制御し、肉体に込める技術で。

だが先《さっき》も言った通りこの技術を極めるのに終わりはない。

俺と同様、幼少から鍛錬を重ねてきたアーミラなら、サボっていたムーアに遅れを取るはずがないと考えたのだ。

そして実際、アーミラはジワジワとだが、ムーアを追い込みつつあった。

「ぐ……ぎぎぎぎ……！」

「ぅ……くううう……！」

倒そうと押すアーミラ、なんとか堪えるムーア、手に汗握る攻防だ。

しばし、両者の動きが完全に停止していた。

テーブル代わりに使っていた岩に、ヒビが数本入った。

「ぬぐぁぁあああああああァッッ!!」

ムーアの肩から腕にかけて血管が浮き出、その全魔力が腕に集まる。

力任せの雑な制御ではあるが、それでも肉体面で上回るムーアだ。

一瞬、アーミラの身体が浮き、押し返す。

しかしアーミラもまた、すんでのところで踏ん張り直した。

というか地面に足を突っ込んだ。ふくらはぎの辺りまで埋《うず》まった足を中心に、更に深いヒビが走る。

「はぁぁあああああああああァッッ!!」

そこを起点に、気合いの咆哮《ほうこう》を上げるアーミラ。

全魔力を腕に集中し、岩へと叩きつけた。

文字通り、ムーアの腕ごとである。

テーブルにしていた岩が八つの大きな塊と、無数の小さな石片に割れた。

「が……あ……ッ!?」

地面に叩きつけられたムーアは、うめき声を上げる。

「はぁ、はぁ……」

それを茫然と見下ろしていたアーミラがようやくムーアの手を離す。

手は震えており、魔力の集中も切れたアーミラは荒い息を吐いていた。

俺はアーミラの肩に、手を乗せる。

「よく勝った」

安堵か、それとも疲労からか、アーミラは膝から崩れ落ちるのだった。

■■■

「っててて……ちくしょう。やるじゃあねーか。アーミラよ」

「ふん、お前もな。ムーア」

勝負が終わり、二人は固い握手を交わす。

さっきまでいがみ合っていた二人がなんとも爽やかな事である。

鬼族は力が全ての馬鹿ばかりだが、こういう時は禍根《かこん》を残さなくていい。

うんうんと頷きながら、俺は二人を見守る。

「さっきは偉そうな事を言ってすまなかった。お前に従うぜ、アーミラよ」

「そうか。ならばランガ様に従うがいい」

アーミラは俺にムーアを預けるつもりのようだ。

まぁその辺が落とし所か。

ムーアとしてもその方がやりやすいだろうしな。

「おう。……じゃあよ大将、いっちょ久しぶりの部下に命令を下してくれや」

「うむ、ではこの街を守るのだ」

相変わらずデカイ態度のムーアに、俺は少し意地悪を言う事にした。

「ふむ……ちなみに俺とはやらなくていいのか？」

俺が手を差し出すと、ムーアは苦笑する。

「勘弁してくだせぇよ。アーミラ相手でアレなんだ。大将とやったら腕ごと持ってかれちまわぁ」

ムーアは赤くなった腕を押さえながら、荒野へと消えていった。

■■■

その数日後。

いつも通りに起きて学校へ行く途中の事。

何やらガヤガヤと商店街が騒がしい。

人だかりの中に肉屋のおじさんがいたので声をかける。

「おじさん、どうかしたの？」

「やぁランガくん。それにアーミラちゃんも。……いやね、どうやら魔物が街に侵入したらしいんだよ」

魔物の侵入とは物騒である。

街の囲う外壁には巨大な結界が展開されている。

故に、弱い魔物は近づく事が出来ないはずだ。

外へ通じる門には番兵だっているにもかかわらず……何かあったのだろうか。

「なんと、それは大変です！」

「あぁ、全く番兵は何をしているのやら……あ！　ランガくんのお父さんの事を言ってるわけじゃないんだけどね！」

慌てて取り繕うおじさんに、首を振る。

「んーん、気にしないで。じゃあ僕学校があるから」

「気をつけて行くんだよ」

おじさんに別れを告げ、俺とアーミラは学校へと向かう。

「しかし魔物が街に出没するなんてな」

「結界が壊されたのでしょうか？　もしくは故障……？」

「いや、それならもっと多くの魔物が近づいて大騒ぎになっているはず。なんらかの形で侵入したんだろうな」

だが結界を破壊してまで街中に入り込むようなのは、相当力を持つ魔族だろうが、そんな気配もない。

恐らく結界のほころびを見つけて入り込んだ小物だろう。そう気にすることでもないか。

「まぁそのうち番兵がなんとかするさ。俺たちが出る幕じゃない」

「そうですね」

俺はアーミラと帰途に就くのだった。

■■■

「おう、ランガ！　アーミラちゃん！　今から学校か？　今日は休みだぜ」

学校に向かっていると、その方向から戻ってきたらしいレントンと鉢合わせした。

レントンは学校で貰ったと思《おぼ》しき一枚の紙を俺たちに見せてきた。

それには本日は魔物出現の為休校、と書かれていた。

「つーわけだべ、川に魚でも獲りに行かねーか？」

レントンはウインクをしながら言った。

俺はため息を吐いて返す。

「生徒は家で大人しく自習をしている事と書いてあるが……」

「ばっか、おめー優等生かよ！　暗に気をつけて遊べと言ってるんだよっ！」

そんな事はこの文面からは微塵も感じられないが……レントンは構わずグイグイ来る。

「今日は魔物騒ぎで川を見張ってる番兵さんがいないからさ、お前も知ってるだろ？　セーヌ川。あそこの魚はデカいし美味いんだ！」

「ほぅ、お魚ですか」

それを聞いたアーミラが、興味津々といった顔になる。

「この街はどうにもお魚が高くて、困っていたのです。タダで手に入るならそれは重畳。沢山獲って生け簀《す》を作り、飼育しましょう」

「おおっ！　いいねーアーミラちゃん！　ナイスアイデアだぜ！」

「本当ですか？　では貴方の家でお魚を飼いましょう。水槽は私が作りますので」

「おおっ！　いいねーアーミラちゃん！　ナイスアイデアだぜ！」

いや、話聞いてるのかレントンよ。

自分の家が勝手に改造されようとしてるんだぞ。

親の許可もなく、何やろうとしてるんだ。

「どんな命令でもまずはイエスを返す。レントン、貴方は中々見所があります。来たるべき日には我が部隊の一番隊長を任命いたします」

「なんだかわからないがアーミラちゃんの一番になれるなんて光栄だぜっ！」

レントンはよくわからないまま快諾し続けている。

全くこの二人の会話は頭が痛くなるな。

なんだかんだ言いながら、魚獲りをすることになった俺たちはセーヌ川に到着した。

なるほど、いつもいる監視の番兵の姿はなく、これなら川に入っても怒られない。

「ひゃっほーっ！」

レントンは網とバケツを持って、川に飛び込んだ。

ばしゃばしゃと水の冷たさを堪能した後、バケツに水を入れ俺に渡してくる。

「じゃあランガ、こいつを持っててくれよ！　俺がすぐにバケツいっぱい獲ってきてやるからさ！」

「がんばれよー」

「まかせときなっ！　うおおおおおーっ!!」

ばっさばっさと網を振り回すレントン。

だがそんな雑なやり方で魚が捕まえられるはずもなく、網は水を掻くのみだ。

「むぐぐ……くそーっ！」

レントンは苛立ちのままに声を上げて、水面に網を叩きつけた。

嘲笑《あざわら》うように魚たちはレントンの周りを悠々と泳いでいる。

「あのままじゃ、日が暮れるまでやっても捕まらないな」

「水中で足を動かすことで腰が強くなります。しかも獲物を狙うカンも養われますし、魚は獲れずともいい訓練になりますよ」

「なんでもかんでも訓練にするなと言うのに……」

とはいえせっかくここまで来て、収穫なしというのも面白くない。

少し手を貸してやるか。

俺は足元に落ちていた小石を拾い、魔力を込める。

それをポイポイと川の中へと投げ込んだ。

川の上流と下流に数個、落ちた小石は波紋を描きながら水に沈み淡い光を発し始めた。

「ランガ様、今の石は……？」

「悪意を持って魔力を込めた石だ。……軽くだけどな。だが小動物は敵意に敏感だ。あの石には近づかない。近づけない」

「つまり檻を作った……というわけですか」

「そういう事だ」

俺の目論見通り、魚たちは俺の投げた石に全く近寄ろうとしなくなる。

それはすなわち逃げる場所を封じたという事。

自然、魚たちはその囲いの中にいるレントンの周りを回遊するしかなくなった。

「おーっ！　なんだかわかんないが、魚がいっぱい寄ってきたぜーっ！」

正確には逃げきれなくなっただけなのだが……レントンはそんな事を気にもせず、魚を追う。

狭い範囲では魚も逃げ道がないようで、しばらくするとバケツの中は魚でいっぱいになった。

「へへっ、どうよアーミラちゃん！　俺と結婚すれば毎日魚をいっぱい食べさせてあげるぜっ！」

「まぁ、レントンの妻となる人は幸せですねー」

あえてずれた答えを返すアーミラだが、レントンには通じていない様子だ。

可哀想なほど嬉しそうな顔をしている。

勘違いするからそういうのはやめておけよ、アーミラ。

「だよな！　いやー光栄だよアーミラちゃん！　でへへ」

しかし、一切気にするそぶりもなく、得意げにバケツの中身を見せびらかしているレントン。

そんな微笑ましいやりとりを眺めていると、川の向こうから何かの気配を感じる。

「！　ランガ様！」

アーミラもそれを感じ取ったようだ。

「……お前も感じたか」

「え？　何？　どうしたんだってばよ？」

魔力を感じ取れないレントンは、俺たちの反応に戸惑っているが説明している暇はない。

そうしているうちに気配は水底を這って近づいてくる。

ざざざざざ、とせり上がってくる水面の中から現れたのは一体のゼル。

こいつが街に侵入した魔物……だがその大きさ、魔力はただのゼルとは桁違いなものだった。

というかおいおい、もしかしてあのゼル……アーミラがぶっ飛ばした奴じゃないか？

俺が視線を送ると、アーミラはまさにといった様子で青ざめていた。

「も、申し訳ありません。ランガ様……」

ただのゼルならアーミラの一撃で消滅していただろうが、身体強化魔術がかけられていた。

一命を取り留めたゼルは、川に流され街へ侵入したというわけか。

辺りの魚など、生物を吸収し回復したのだろう。

「あのゼル……回復しただけではなく進化までしているようです」

ゼルを見るアーミラの目が魔力で淡く光っている。

なるほど、ただのゼルにしては巨大。あの進化形態は確かラージゼルだっけか。

「……まぁやってしまったものは仕方ない。消滅を確認しなかった俺も悪いしな。とにかくさっさと処理してしまうぞ」

「しかし、レントンが……」

アーミラがちらりと見ると、レントンが怯え立ち竦《すく》んでいた。

「ま、魔物……な、なんでこんな所に……！」

うーむ、確かにレントンの前で倒すわけにもな。

強化されているとはいえゼルを倒すのは容易だが、それを見られると大騒ぎになってしまう。

「気絶させてしまいましょうか？　『魅了』してもよいですが、一度かかった相手は二度目はかかりにくいですので」

「……そうだな」

「だーもう！　何言ってるんだよ！　早く逃げるぞ！」

背を向けたレントンの首筋に、手刀を振り下ろそうとした時である。

「うおっ！　魔物じゃあねーか！」

遠くで声が聞こえた。

川沿いに造られた小高い丘の上に立つ番兵姿の男は……親父だった。

■■■

「うおっ⁉　ランガにアーミラちゃんじゃねぇか！　なんでお前らがこんな所にいるんだ⁉」

「親父……！」

遠巻きに俺たちを見つけ、親父は慌てて駆け寄ってくる。

ほとんど顔の隠れたフルフェイスの兜に全身鎧というういつもの装備。

どうやら哨戒《しょうかい》中だったようである。

しまったな……他の番兵にならまだしも、親父に見つかっちまうとは……！

「お、おいランガ！　あれってお前の親父さんだよな⁉」

「まぁ……そうだけど」

「た、助かった！　おーい！　助けてー！」

「！　おう！　今行く！」

助けを求めるレントンに気づいた親父は、急いで川べりに下りてくる。

「てやんでぇ！　俺が相手だ魔物め！」

親父は啖呵《たんか》を切ると、携えていた槍を突き出した。

「シュルル……！」

槍を軽く躱したラージゼルは親父を敵と認識したのか、触手を伸ばし反撃を繰り出した。

それを槍で払う親父、ラージゼルとの戦闘が始まった。

「うおおおおおお!!　くたばりやがれぇぇぇ!!」

咆哮と共に親父は刺突《しとつ》を繰り出すが、ゼルは全く怯むことはない。

あっという間に形勢はラージゼルの優位に傾き始めた。

「くそ、このゼルやたらと強え……！」

ただのゼルなら親父でも追い払うくらいは出来るだろうが、相手はアーミラの魔術で強化されているラージゼルだ。

親父は無数の触手に追い込まれ始めた。

「おい！　お前ら早く逃げろ！」

親父が声を荒らげると、レントンがハッとなる。

「そうだぞランガ！　こっち来い！」

「ん……そうだな……」

マズイな……レントン一人ならどうとでも誤魔化せたが、親父までいるとなるとな。

ともあれ俺はレントンに手を引かれ、後ろに下がる。

岩陰に隠れて様子を窺うが、親父の旗色は悪くなっていた。

「やべぇよやべぇよ……親父さん、押されてるよ……大丈夫かよ……！」

苦戦する親父を見て、レントンは慌て始める。

無理もない。今まで自分たちを守っていた『頼れる番兵さん』が魔物にやられそうなのだ。

しかしそれでも流石は『頼れる番兵さん』といったところか、親父は中々折れない。

「く……ぬおおおおーっ！」

触手の一撃をなんとか受け止めたものの、後ろには岩壁が迫っていた。

このままではジリ貧だ。マズイな……なんとかしないと……。

レントンもそれを察したようで、立ち上がり駆け出そうとする。

「このままじゃやられちまう！　助けに行かなきゃ！」

「私たちが行ってどうなるのです。逃げた方が賢明です」

それを制するアーミラ。

正論ではあるが、子供であるレントンにはそれは受け入れ難い。

「だけどよぉ……」

「逃げて、助けを呼びましょう。それがいいです」

言い争う二人。

考えろ、何か手はないか……何か……！

思考を巡らせていた俺の脳内に、電流が走る。

――そうだ！　これを使えば……！

「アーミラ、レントンと二人で逃げろ。助けを呼んでくるんだ！」

「何言ってるんだよランガ！　お前も行こう！」

俺は差し出される手を掴まない。

「……レントン」

「あ？　なんだよ？　早くしろってば」

急《せ》かすレントンだが、俺の真面目な顔に気づいたようだ。

改まって言葉を待つレントンに、重い口調で言う。

「俺は父さんが心配だからここに残る。アーミラを頼んだぞ」

「ランガ……お前……！」

俺が何を言いたいか、レントンはすぐに感じ取ったようだ。

すなわち、アーミラを連れて逃げろ、ということを。

レントンは頷くと、アーミラの手を取る。

「……おう！　わかったぜ！　アーミラちゃんこっちだ！」

そう言って走り出すレントン。

レントンは単純だが、馬鹿ではない。

口実を与えてやればやるべき事の優先順位くらいは理解出来る。

「ランガ様……」

心配そうに振り返るアーミラの目を見て、頷く。

レントンを頼んだぞ、という意を汲み取ってくれたようで、すぐに追いかける。

「……お気をつけて」

そう言い残して。

俺は頷いて返すと、親父の方を振り返る。

そうしているうちにも親父はかなり追い詰められていた。

ラージゼルの触手攻撃を何度も受け、鎧兜はべこべこだ。

息も絶え絶え、鎧の隙間からは血がにじんでいるのが見える。

「や……ろう……ッ！」

それでも闘志を失っていないのは流石といったところか。

親父は未だ倒れずに、ラージゼルを憎々しげに睨みつけていた。

「シャー!!」

そんな親父目掛け、ラージゼルは大きく振り被った触手を振り下ろす。

ばきっ！　と嫌な音がして、親父は思い切り吹っ飛ばされる。

「ぐはぁっ!?」

親父は岸壁にぶつかり、土煙を上げた。

「親父さぁぁぁぁんっ!!」

レントンの声が辺りに響く。

アーミラもまた、心配そうな視線を向けた。

逃げたはずの二人は親父が心配なのか、足を止めていた。

ったくあいつらめ……俺は大きく息を吸い込み、声を上げる。

「早く助けを呼んでこい！」

「……ッ！」

俺の声にようやく正気に戻ったのか、二人は振り返り駆けだした。

そのまま二人が遠くに行くのを見送った俺は、親父の方を向き直る。

――よし、今だ。

跳躍するべく俺は両脚に力を込めた。

みしみしと肉が軋む音が鳴り、地面がゆっくりと沈み込んでいく。

十分に溜まった力をそのまま――放つ。

一足にて俺はゼルの隙を縫って走り、土煙の中に突っ込んだ。

濛々《もうもう》と立ち込める土煙の中では親父が目を回している。

フルフェイスの兜を取ると……うん、どうやらまだ息はあるようだ。

俺は安堵の息を吐きながら、手早く鎧を脱がしていく。

こんなに傷だらけになって……だらしない親父だと思っていたけど、なんだかちょっと見直した。

っと、感傷に浸っている暇はない。

俺は脱がした鎧を――着けていく。

「ちょっと大きいけど……うん、なんとか着れるな」

親父は小柄だし、俺も十歳にしては背が高い方なのが幸いしたな。

少し……いやかなりブカブカだが、動けないことはない。

ならば問題はなし。

全身を鎧で包み終わった俺は、兜を被った。

体型の隠れる鎧にフルフェイスの兜、手には槍。

これならば俺の正体は悟られないはず。

ついでに親父を隅っこに隠して……と。これでよし。

これなら万が一戦っているところを見られても親父がやったという事に出来る。

準備が整ったところで、土煙が晴れてきた。

「シュー……？」

目の前のゼルは、致命打を与えたはずの獲物が起き上がってきて驚いている様子だ。

「うおおおおっ！　親父さ――――ん！」

遠くでレントンが声を上げる。

っておい、遠くに行ったんじゃあないのかよっ!?　俺が見上げるとアーミラが手をパタパタと動かしてきた。

あれは四天王時代に使っていたハンドジェスチャー。

解読すると――そのラージゼル、ダリル様が、という事にしては如何でしょう？　――との事だ。

なるほど、親父のフリをしてラージゼルを倒すという俺の考えを読んだのか。

そして証人としてレントンを使おう、と。

俺のやろうとしていることを瞬時に読み取り、更にフォローまでしてくるとは……恐るべしアーミラ。

冷や汗を垂らしながらアーミラを見ると、またハンドジェスチャーを送ってきた。

――ランガ様の考えならなんでもわかりますよ。それと結婚してください！　――と。……俺は見なかった事にした。

と、ともあれレントンはちゃんと親父だと勘違いしているみたいだな。ならばよし。

後は番兵、ダリルとしてこいつを倒すだけの事。

俺は槍を構え、ゼルに向き直る。

さて、反撃開始と行こうか。

■■■

「シュー……！」

ラージゼルは俺をギョロリと睨《ね》めつけ、全身から生やした触手をぶんぶんと振り乱している。

相当な速度……身体強化に加え、進化した姿は以前とは比べ物にならない。

しかし如何に強化されようと所詮はゼル、俺が普通に戦えば瞬殺なのだが……。

「親父さーん！　頑張ってくれ――――っ！」

レントンに俺を親父だと勘違いさせているのだ。

そんな状態で瞬殺してしまうわけにもいかないだろう。ついさっきまであれだけ苦戦していたのに、あまりに無理がある。

出来るだけ自然に、違和感なく戦って勝たなければならない。

やれやれ、苦労させられるぜ。アーミラはのんきに――ランガ様なら出来ます――とかハンドジェスチャーしてくるしよ。

「シャー!!」

俺の苦労など知る由もなく、ラージゼルは襲い掛かってくる。

襲いくる触手を俺は、手にした槍を軽く振るって切り落とした。

ボトボトと地面に落ちた触手が消滅していく。

「ギシ……!?」

あっさりと攻撃を防がれたゼルは、困惑しているようだ。

さっきまでは自分が押していたからな。

ちょっと不自然に見えた……か？

「おおっ！　親父さんスゲェっ！　さっきと動きが全然違うぞっ！」

しかしレントンは全く疑問を持っていないようで、声援を送ってくる。

動きというか中身も全然違うわけだが……。

まぁいいや、ボロが出ないうちにさっさと決めるか。
俺は悠然とゼルに歩み寄る。
ゼルは近寄らせまいと触手を振り回すが、その悉くを斬り払いながら往く。
一歩、二歩、そして三歩目で、俺はゼルに肉薄した。
ゆっくりと見上げると、ゼルは一際大きく鳴く。
「シ……ギシ……シャァァァァァァ！」
咆哮と共に全身から触手を伸ばす――それが最後の抵抗だった。
俺は一気に槍を振り抜き、その斬撃《ざんげき》でゼルの身体が上下真っ二つに割れた。
だがまだ終わっていない。
上部に逃げた、核である目の部分を狙い、今度は下半分もろともに槍を振り貫く。
この手の不定形の魔物は身体のどこかに核を持ち、それを破壊せねば倒せないのだ。
――一閃《いっせん》、ゼルの身体は十字に分断され、核もまた真っ二つに割れた。
粉々に散り砕けていく核を見届けた俺は、勢いのままに槍を地面に叩きつけた。
どおおおおおおん！　と衝撃波が吹き荒れ大きな土煙が上がる。
もうもうと立ち込める土煙。
これならレントンたちからは見えないか。
「今のうちに……っと」
俺は鎧を脱ぐと、また親父に着せ直していく。

これでよし、俺は土煙が晴れる前に、木の陰に姿を隠した。

「父さーん！」

そして何食わぬ顔で、駆け寄る俺。

親父を抱き起こして気つけを促した。

超忙しい。

俺を追ってレントンも、アーミラも駆け寄ってくる。

「親父さん！　だ、大丈夫かよっ！」

「……うーん、なんだぁ……一体……」

目を覚ました親父が、頭を押さえながら起き上がる。

何が起こったかわからないといった様子でぼんやりしている親父に、レントンは抱きついた。

「親父さん！　スゲェ！　スゲェよ！　あの魔物を倒しちまうなんてっ！」

「俺が……魔物を……？」

キョトンとする親父に、アーミラが言う。

「えぇダリル様、貴方があの魔物を倒したのですよ。無我夢中だったからでしょうか、憶えてらっしゃらないようですね」

アーミラがそれに付け加える。ナイスフォローだ。

「うんうん、父さんすごいよ。あんな魔物を倒しちゃうなんて、僕びっくりしちゃった」

俺もついでにダメ押ししておく。

「そうだよ！　吹き飛ばされてもうダメかと思ったけど、いきなり起き上がって魔物を一撃で倒しちゃうんだもんな！」

「恐らく最初は我々が近くにいたから力を発揮出来なかったのでしょうね」

「父さんカッコよかったよ！」

そう、これが俺のシナリオ。

親父のふりをして魔物を倒し、気絶した親父がやったという事にするのだ。

「…………」

羨望《せんぼう》の目を向けられ、ポカーンとした顔で俺たちの言葉を聞いていた親父だったが、

「ガハハ！　そうだろそうだろ！」

――――思いっきり乗ってきた。

やっぱりな、お調子者の親父ならそうくると思ったぜ。

我が父親ながら単純で助かる。

親父は大笑いしながら、どっかと腰を下ろす。

「そりゃあもちろん、苦戦して見えたのは魔物の注意を俺に引きつける為だ！　お前らが逃げたのを確認したからようやく本気で戦う事にしたのさ！」

「おおっ！　やっぱり！　あの十文字斬り、すごかったっす！」

「おうとも！　ありゃあ我が家系に代々伝わる秘技、『鬼十字《おにじゅうじ》』さ！」

……なーにが『鬼十字』だよ。

適当に放った攻撃がたまたま十文字斬りになっただけなんだが。

醒《さ》めた視線を送る俺とアーミラだが、レントンは未だ興奮冷めやらぬ様子で親父に詰め寄る。

「『鬼十字』！　カッケェェェェェ!!」

「ガハハ！　そうだろうが！」

「うんうんっ！　槍がグニャってなってるもん！　マジ半端ねーよ！」

レントンの言葉に親父は自分の槍を見る。

槍は俺の攻撃に耐えきれず、ぐんにゃりと曲がっていた。

すまん親父。悪気はなかった。

「……げ、しまった。隊長にどやされちまう……」

「ま、まぁまぁ、僕たちを守る為に戦ってくれたんだもん。隊長さんも許してくれるよ」

「そうだといいがねぇ……」

親父は落ち込んだ様子で、大きなため息を吐くのだった。

■■■

あの後、通報を受けた番兵隊が駆けつけた。

そして俺とアーミラ、レントンは番兵たちから親父とゼルの戦いを色々と聞かれたのである。

「……てなわけで、親父さんが悪い魔物をやっつけてくれたんだ！」

レントンは興奮した様子で、『見たまま』を告げる。

番兵は信じられないといった顔で、何度も首を傾げていた。

「なんと……あの怠け者で飲んだくれで、番兵隊抱かれたくない男ナンバーワンのダリル殿が……」

おいおい、ひどい言われようだぞ親父。

大体合ってるのが更に悲しいけど。

「あぁいや、信じてない事はないんだよ？　子供とはいえ三人が同時に見たというなら、間違いはないのだろうが……うーん、あのダリル殿がなぁ……」

「おいおい！　本当だぜ番兵さん！　親父さんスゲェカッコよかったんだぜ!?」

「ふーむ……まぁこの現場を見れば信じるしかないんだが」

荒れ放題となった川べりを見て、番兵は呟く。

激しい戦いで辺りは穴ボコだらけになっていた。

半分くらいは俺の仕業である。申し訳ない。

「……まぁそうだな、ありがとう君たち」

番兵は俺たちに敬礼すると、隊へ戻っていった。

それでも最後は信じてくれたようである。

レントンにあえて戦いを見せたのは正解だったな。

身内である俺とアーミラの証言じゃあ嘘だと思われただろうから。

「おい！　もういいだろうが！　いつまで俺を犯人扱いしてるんでぇ！」

「ダリル殿、これはただ話を聞いているだけで、別に犯人扱いなどは……」

「うるせぇ！　おい、帰るぞお前ら」

苛立ちを抑えきれないといった様子で親父が声を荒らげる。

「ちょ、待ってくださいよダリル殿！　まだ話は終わっていません！　調書を書かないといけないんですから！」

慌てて番兵たちが止める中、一人の男が近づいてきた。

「やぁ君たち。駄目じゃあないか、街を救った英雄相手にそんな態度をとっては」

少し伸ばした金色の髪を後ろで括った男。

年齢は二十歳くらいだろうか、背は高く、中々のイケメンだ。

男は番兵と同じ鎧を着てはいたが、兜には隊長を表す一本の白い線が入っていた。

「こ、これはガエリオ隊長殿！」

それを見た親父は、慌てて敬礼をする。

男――ガエリオはにっこり笑ってそれに応えると、俺たちの方を向き直った。

爽やかに微笑むガエリオ。うーん、なんというイケメンスマイル。

「ごめんね君たち、変な事ばかり聞いてしまって。アメをあげよう」

「ちぇ、俺たちのことをアメで釣ろうなんて、安く見られたもんだぜ」

ガエリオの取り出したアメを見て、レントンは不機嫌そうに言った。

「ははは、ごめんごめん。じゃあアメはいらないかな?」

「そこまで言うなら貰ってもいいけどよ……」

でも即行貰っている。

なら文句言うなよ。

「ほら、君たちも」

ガエリオは俺たちにもアメを渡してきた。

悪意や下心など全くなさそうな顔である。

俺はアメを受け取り、ポケットにしまった。

「ありがとうお兄さん」

「ははは、いい子だなー。でも僕はこれでもダリル殿と同い年なんだ。妻も子もいるしね。おじさんで構わないよ」

「ええええっ⁉」

俺たちは一斉に驚きの声を上げた。

「親父さんと同じって事は……三十五⁉　見えねー！　どう見ても二十歳くらいだよ！」

「うんうん、ガエリオさんかっこいいよね！」

「童顔なのは少しコンプレックスなんだが……ありがとう君たち」

やや複雑そうな顔で、ガエリオは苦笑いする。

片やイケメン妻子持ちの隊長、片や妻に逃げられた哀れなヒラ番兵のおっさん……。

はぁぁ、同い年でも差がつくもんだな。

「……んだよ」

「べつにぃ？」

俺がじっと見ているのに気づいたのか、親父はバツが悪そうな顔をした。

「それよりダリル殿！　すごいではありませんか！　街に侵入した魔物をお一人で撃退したらしいですね！」

「は……？」

いきなり褒められ、親父は目を丸くした。

ガエリオはうんうんと頷くと、更に言葉を並べる。

「いやぁ僕はダリル殿は本当は出来る男だと思っていたんですよ！　普段の勤務態度はちょっとその……アレですが、実戦訓練ではいつも成績上位ですしね。やる時はやる人だと思っておりました。しかし魔物を一人で倒してしまうとは……このガエリオ、感服いたしました」

「あー……いえ、まぁ大した事はありませんでしたがね！　ガハハハハ！」

煽《おだ》てられた親父は、機嫌よさそうに大笑いする。

本当に単純だな……そしてガエリオも親父の扱い方をよく知っているようだ。

流石上司。

「その時の話、ぜひ詳しく聞かせていただきたい！　今夜、酒場で一杯どうです？　奢《おご》りますよ！」

「おお！　了解でありますガエリオ隊長殿！　……いやぁやはり隊長殿は話がわかる！　見せたかったですなぁ、俺の『鬼十字』！」

「ほう……必殺技というわけですか？　いいですねぇ。胸躍ります。また改めて手合わせを願いたい」

「ガハハ！　負けませんぞ！」

親父はガエリオに肩を抱かれ、満足そうに隊へと戻っていった。

どうやら親父は『鬼十字』が随分気に入ったようである。

第四章　仇敵との再会

――あれから数日、街はすっかり平穏を取り戻していた。

変わった事と言えばレントンがチャンバラごっこにハマったくらいだろうか。

「うおおおおおーっ!!　『鬼十字』ッ!」

かきぃぃぃん!　レントンが振り下ろす木刀を、俺は軽く受け止める。

そんなわけで今日もまた、俺とチャンバラごっこである。

……ま、俺が相手してやらないと、誰かが怪我してしまうからな。

「あー!　おいランガ、『鬼十字』はガード不能技なんだぞー!」

しかしレントンは攻撃を悉く受け止められ不服のようである。

そんな事言われてもな……避けたら避けたで文句言いそうだ。

「ランガ様、そろそろ帰らないと」

遊んでいるのを見ていたアーミラが、声をかけてくる。

「あぁ、そうだっけ」

その言葉で俺は用事を思い出す。

木刀を返し、帰り支度を始める俺にレントンは不満そうな声を上げた。

「えー、なんだよランガ。まだ早いだろ」

「悪いな、今日は用事があるんだよ」

俺が謝ると、レントンは唇を尖《とが》らせる。

「むぅ……仕方ねーな。後で埋め合わせしろよなっ！　じゃあな！　ランガ、アーミラちゃん！」

レントンに別れを告げ、真っ直ぐに帰宅する。

まだ早い時間にもかかわらず親父がおり、珍しくいい服に着替えている。

「ただいまー」

「おう、帰ったか二人とも。それじゃあさっさと着替えちまいな。すぐに出るぞ！」

「うん！」

俺もアーミラも、用意してあった余所行きの服に着替え、家を出る。

向かう先は番兵たちがいつも集まっている砦、今日はここでパーティが行われるのだ。

その主役はなんと親父である。

街に侵入した魔物を倒し、子供を守った手柄で表彰されることになったのだ。

「ガハハ、俺に感謝しろよ？　二人とも！」

「……はは」

豪快に笑う親父に、俺は乾いた笑いを浮かべるしかなかった。

■■■

砦に着いた俺たちを迎えたのは、ガエリオだった。

芝居がかった動きで、恭《うやうや》しく頭を下げる。

「おお、よくぞいらした！　英雄ダリル殿！」

そう言ってぱちんと片目を瞑った。

芝居っぽい動作も、自然と堂に入っていた。

うーん、イケメンって得だな。

ガエリオに煽てられ、親父は照れくさそうに笑う。

「ちょ……こ、困りますなガエリオ隊長殿……そんなに煽てても何もでませんぞ」

「なーに、そんな事言いながらもやる時はやる、それがダリル殿でしょう？　先日も色々語ってくれたではありませんか！　魔物相手に子供を逃がす為、押されていたように見せかけておいてからのー……大逆転！　瞬殺劇！　いやぁ胸躍りますねぇ！」

「タハハ……全く、隊長殿には敵いませんなぁー……」

「ははは、これからも期待していますよ！」

困った風ではあるが、親父はめちゃめちゃ嬉しそうだ。

あの調子だと相当ヨイショされたんだろうな。

「まぁ話は中で改めてしましょうか。みんな待っていますしどうぞ中へ」

「おおっ、そうですな！　ほら行くぞ、ランガ」

「……はーい」

ガエリオに案内され、砦の中に入ると中は煌《きら》びやかなパーティ会場となっていた。

大きなホールには丸テーブルが幾つか置かれ、その上には豪華な料理が並んでいた。

「うわぁー……！」

その光景に俺と親父は思わず声を上げた。

テーブルに載せられた皿にはマッシュポテトやビーフシチュー、トマトとチーズを交互に並べたサラダ、その中央には大きな海老がどん！　と存在感を表していた。

流石にこんなのを見るとテンションが上がるな。

いつも食べているのは簡素な手料理だし。

「さぁ、遠慮せずに食べてください」

「美味《うめ》え美味え！　サイッコーだぜ！」

ガエリオの言葉より早く、親父は料理にむしゃぶりついていた。

ったく、品がないねぇ。

ガエリオはそれを見て、乾いた笑いを浮かべている。

呆れて見ていると、俺の横でアーミラがボソッと呟いた。

「それにしてもこういったパーティはよくある事なのですか？」

「いや、俺も来るのは初めてだな」

「ダリル様がだらしなさすぎて、呼ばれなかったのでしょうか……？」

さらっと酷い事を言い出すアーミラ。

ひでーなオイ、気持ちはわからんでもないが。

「今日は王都から偉い人が来ているんだよ」

ガエリオが俺たちの会話に入ってきた。

「国を守っている騎士団の元帥《げんすい》殿が視察に来られていてね。これはその歓迎パーティなんだよ。ダリル殿の事を話すと会ってみたいと言うので、招待したんだ」

「……なーんだ、父さんはオマケだったんだね」

「ダリル殿にはナイショだよ？」

しー、と人差し指を唇に当てるガエリオ。

「美味《うめ》ぇ！　美味ぇ！」

親父は俺たちの会話に気づく事もなく、食事を貪っていた。

ものすごい勢いで、それこそ皿が無くなりそうなほどの。

……ってやべぇ、このままじゃ料理が無くなってしまう。

「あーっ！　ぼくも食べるー！」

「ははは、ゆっくり食べておいで」

俺は今のうちにとばかりに豪華な食事を食べ始めるのだった。

「もっふもっふ、おいひぃでふね、ランガふぁま」

口いっぱいに食べ物を詰め込んだアーミラが幸せそうに言う。

俺もまた、海老を頭から丸齧りしていた。

「んむ、この海老のトゲトゲ感がたまんねぇ！」

「……れふねぇ。もくもくもく」

至福のひと時を楽しんでいた俺だったが、不意に背筋に悪寒《おかん》が走る。

……なんだ今の感覚、昔どこかで感じたような嫌な気配だ。

俺は食べるのをやめ、アーミラの耳元で囁く。

「……何か感じなかったか？　アーミラ」

「？　特には何もですが……ろうかしまひたか？　むぐむぐ」

「……なんでもない」

ダメだこいつ、俺以外の気配は感じ取れないらしい。

仕方なく俺が気配を探っていると、壇上からコホンと咳払いをする音が聞こえてきた。

「えー、皆様。パーティを楽しんでいただけているでしょうか」

声の主はガエリオ、よく響くハキハキした声に皆の視線が集まる。

それを確認したガエリオは満足そうに頷いて続ける。

「ご注目ありがとうございます。えー、本日はなんと！　王国騎士団元帥殿がいらしております！

皆様、盛大な拍手でお迎えください！」

「わぁぁぁぁぁぁぁぁ!!」

パチパチパチパチパチパチパチパチ。
鳴り響く拍手の中、壇上に現れたのは白髪の老人。
礼服に身を包み、胸には勲章を幾つもぶら下げ、細い目で会場を一瞥《いちべつ》する。
俺は思わず目を逸《そ》らした。
微量に漂う魔力の気配は、過去の俺がよく知っているものだったからだ。
（なんで奴がここに……!?）
その気配に俺は会った事がある
死王《ロードオブデス》レヴァノフ。
魔軍四天王の一人である。

■■■

死王《ロードオブデス》レヴァノフ。

奴は所謂、高位不死族《リッチアンデッド》という魔族だ。

高位不死族とは高名な死霊魔術師《ネクロマンサー》が不死を求め自らをアンデッド化した種族で、レヴァノフは更に年月を重ねた存在。

最高位不死族《ハイリッチ》とでも言えばいいだろうか。

俺が生まれるより何百年以上も前から魔軍四天王を務める大古株だ。

魔王様より長く生きているとかいないとか。
性格は非常に生き汚く、とにかく往生際が悪い。
何せ力こそ全てという魔族社会で何百年という間、生き残ってきたのだ。
部下を盾にするなど朝飯前。
生き残る為なら敵に命乞いの土下座もするし、何百という嘘も平然と並べる。
全滅の戦場からただ一人、生きて帰った事もある。
生きるが勝ち、が口癖だった。
(多分あの後、勇者と戦ったんだろうが……当然のように生きているとはな)
奴の死霊魔術の一つに他者の死体を奪い、自らの肉体とする類のものがある。
それであの騎士団元帥の身体を奪ったのだろう。
独特の死臭が混じった魔力、間違いねぇ。
どうせ勇者にやられたフリをして、生き延びたんだろう。
(しかしあの野郎、何故この場所に……?)
まさかとは思うが俺に気づいたとか？　いやいや流石にそれはないか。
あいつは術者タイプだから遠くから魔力を探知するすべは苦手なはず。
基本的に俺はほとんど魔力を抑えて生活しているしな。
それに魔力を察知して来たならば、俺にすぐ気づくだろう。
気づけば少しは顔に出るものだ。

（ならば本当に偶然……？）

とにかく警戒が必要だ。

アーミラにもそれを伝えて気取られぬよう普段通りにしておけと指示を出し、俺もまた同様にした。

子供らしく、食事に集中しながら耳だけをレヴァノフへ向ける。

レヴァノフは騎士団元帥として演説中である。

「……であるからして、騎士の栄誉というものは軽々《けいけい》に振りかざされるものではなく――」

……それにしても大した演技力だ。

本来のレヴァノフとはかけ離れた、柔和で温厚そうな老人をよく演じている。

あれなら誰もが騎士団元帥として疑うまい。

「ふぉっふぉっ、まぁジジイのつまらん話はこれくらいにしておきましょうか。皆、眠くなるだけでしょうしな」

どっと笑いが沸く。

堅い話の中に軟らかい話を混ぜる事で、緩急をつける。

演説のツボもわかっているな。

「……おほん、皆の退屈を吹き飛ばすのは新たな英雄の誕生であろう。丁度この場に街を救った英雄がおられるので紹介したい」

ざわざわと観客がざわめく中、レヴァノフはこちらに向け手をかざした。

「ダリル殿、前へ」

「ふぁっはい⁉」

レヴァノフの言葉に、飯を食っていた親父が泡を食ったように立ち上がった。

皆の注目が集まったのに気づいた親父は汚れた口元をゴシゴシとぬぐい立ち上がると、慌ただしく壇上へ向かう。

緊張しているのか、動きがぎこちない。

あーあー、キョロキョロしちゃって。恥ずかしい。

周りからはヤジが飛び、親父はそれに愛想笑いで応えている。

「いやー……参ったなこりゃ。タハハハ……」

そんな親父にレヴァノフは、咳払いして向かい合う。

懐をゴソゴソと弄り、十字のついた勲章を取り出した。

「……ダリル殿。あなたは街を救う為、子供を助ける為、危険を顧《かえり》みず魔物を倒した。君のような英雄を誇らしく思う。この勲章を受け取ってくれたまえ」

レヴァノフの差し出した勲章を見た親父は恭しく敬礼をし、ピンと背筋を伸ばした。

「……ハッ！　ありがたく頂戴いたします！」

そして勲章を受け取る。

その一部始終をじっと観察していた俺は理解した。

レヴァノフは勲章に注意の向いた親父を、上から下まで舐めるように見ていたのだ。

（……なるほど、レヴァノフは親父を見に来たんだな……！）
魔物を倒せる人間は少なくないが、単身で、かつ圧倒的な力で倒せる人間は稀《まれ》である。
例えば勇者、ないしはその仲間となるような力ある者。
レヴァノフとしては、そんな事態を放っておくわけにもいかない。
放置しておけば自身に仇なす存在になるのは明らかだからな。
偶然を装いこの街を訪れ、親父に勲章を与える名目で見に来たのだ。
御しやすそうであれば配下に加え、そうでなければ――早々に殺す。
（レヴァノフの表情から読み取れるのは……）
下等生物への最大限の侮蔑《ぶべつ》。
嘲《あざけ》るような厭らしい目で一瞥した後、縮こまる親父を見下ろし鼻で笑った。
わずかな仕草だったが間違いない。
あんな下衆《げす》い顔をするのは、俺の知る限りレヴァノフくらいだ。
親父の事を何かのまぐれか間違いで魔物を倒したと見破ったようだ。
……まぁ見る奴が見れば親父がただの一般人だなんて、すぐにわかるからな。
レヴァノフはすぐに元帥の顔に戻った。
「……では、これからも街を守るべく、番兵隊の手本となるよう邁進《まいしん》するように」
「ハッ！　了解いたしましたぁっ！」
下した結論は、放置。

親父はこのままでいいという判断なのだろう。

壇上から降りた親父は同僚から冷やかされながらも、照れくさそうに笑っていた。

「フォッフォッ、爺《じじい》がこんな所にいては皆様お食事に集中出来ますまい。私はこれで失礼いたしましょうかの」

拍手に見送られ、レヴァノフは幕の奥へと消えていった。

「ち、ちょっと僕、トイレ！」

「あ！　ランガ君!?」

ガエリオにそう言って、俺は奴を追う。

「私もです！」

「アーミラちゃんまで!?」

そんな俺を即座に追うアーミラ。

「女子トイレはあっちだよー！」

後ろの方でガエリオの声がむなしく響いていた。

俺に気づいてないとはいえ、奴を放置するのは危険だ。

奇妙な因縁を感じながらも、俺はレヴァノフを追うのだった。

■■■

「トイレはあっちだってよ？」

「それを言うならランガ様、男性用のトイレも通り過ぎてしまわれましたが」

「……引っ込んじまったんだよ」

「あらまぁ」

クスクス笑うアーミラを引き連れ、俺は走る。

ホールの裏側、裏口の方へ回ると……見つけた！　レヴァノフだ。

お付きの従騎士たちと一緒である。

俺は柱に身を隠し、様子を窺う。

「お疲れ様でした。元帥殿」

「あぁよいよい。私もいい気分転換が出来ましたからね。フォッフォッ」

「そう言っていただけるとありがたいです。もう宿に帰られますか？」

「そうさせてもらおうかな。少々疲れたのでね」

「馬車を用意しております。どうぞこちらへ」

扉の向こうに消えていくレヴァノフと従騎士たち。

それを追おうと駆け出すアーミラの腕を掴んで止めた。

「む……何故止めるのですランガ様」

「この街の高級ホテルは一つしかないから、わざわざ危険を冒してまですぐ後を追う必要はない。

別ルートで先回りするぞ」

「ハッ」

街唯一の高級ホテル『ロイヤルズ』は国王陛下が視察の際に泊まった事もあるという由緒正しきホテルである。

訪れた有名人や金持ちは大抵ここに泊まるのだ。

特にレヴァノフらは大人数。

防犯の面を鑑《かんが》みても、ここしかあるまい。

逆側の扉から出た俺たちは、夜闇に紛れ屋根の上に跳ぶ。

俺は当然、アーミラもまた魔力を極限まで減らしての跳躍。

見事なそれに俺は目を丸くした。

「おお、大分魔力の制御が上手くなったな。アーミラ」

「ランガ様にいっぱいいっぱいシゴかれた成果ですわっ！」

くねくねと腰をよじらせるアーミラ。

先日ちょろっとやっただけだろうが。

とはいえそれだけでここまで仕上げてくるとは、大したもんだ。

屋根の上を跳び連ね、ホテルの前に辿り着いた俺とアーミラはそこでレヴァノフを待つ。

「そうだアーミラ、お前『聞き耳』は立てられるか？」

「もちろんですともっ！」

頷くアーミラと共に、耳に魔力を集中させる。

これは簡単に言うとものすごく集中して聞く、という俺のオリジナル技。

便宜上『聞き耳』と呼んでおり、部下にも教えてある。

練度は俺には及ばないがアーミラももちろん習得済みだ。

ある範囲に意識を集中させると、そこで何を話しているかが聞こえるのだ。

ホテルに向かう道の辺りに意識を集中させると、すぐにレヴァノフの独り言が聞こえてくる。

「あの男……どうやらごく普通の番兵だったようじゃの」

冷たく低い、地の底から響くような声。

この喋り方は間違いなくレヴァノフのものだ。

そして内容も、今回は親父を見に来ただけのようだという、俺の推測を裏付けるものだった。

胸を撫で下ろす俺の耳に、次の言葉が聞こえてきた。

「しかしあの魔力の波動……あの生意気な小僧、ランガに相違ない。この街に潜んでいるのは間違いないはずじゃ……なんとしても捜し出さねば」

その言葉に俺は驚いた。

俺に気づいていた、だと……？

だがならば何故、パーティ会場で俺に気づかない様子だったのだろうか。

しかし俺の疑問はすぐに氷解する事となる。

「あの小僧、我が別荘で破壊活動を行ったあげく魔力のニオイをこれ見よがしに残していきおって……！」

別荘、破壊活動、魔力を残す……という言葉に俺はすぐにピンときた。

レヴァノフの言う別荘とは以前アーミラに攫われ、監禁されていた場所だ。

じろりと睨みつけると、アーミラは慌てて頭を下げた。

「も、申し訳ありませんっ！　ランガ様っ！」

「はぁ……ったく、やっちまったもんは仕方ないけどよ……」

シュンとするアーミラに、一応フォローを入れておく。

それにしてもこれまで起きた事件、大体アーミラが原因じゃねぇか。

やはりこいつ、側に置くべきではなかったか？

俺は大きなため息を吐きつつ、再度レヴァノフの独り言に耳を傾ける。

「死んだはずのあやつが……何故かはわからんが、小僧は間違いなくこの街におる……捜し出して必ず消さねば……！」

ざわ、と背筋が泡立つ感触。

レヴァノフの野郎、俺を殺すつもりだと……？

その言葉を聞いた俺は、思わず口元を歪ませる。

レヴァノフは四天王時代、俺を目の敵にしていた。

何かにつけて因縁を飛ばし、他の四天王が俺を疎ましく思うよう根回しをしてきたのだ。

俺を嵌めたのだって、こいつに違いない。

そう思うと怒りがふつふつと湧いてきた。

上等だ。殺せるものなら殺してみやがれ。

返り討ちにしてやる……！

「ランガ様……？」

俺の殺意に気づいたアーミラが呟く。

おっと、これ以上殺意を漏らせば気配を悟られる恐れがあるか。

俺は立ち止まり、ホテルに入っていくレヴァノフを見送った。

「……とにかく、居所がわかればこっちのものだ。先手必勝、奴を排除するぞ」

「お待ちくださいランガ様」

潜入しようとした俺をアーミラが制止する。

「……どうした？」

「レヴァノフはどうやら人間の中でもかなりの重職に就いている人間の身体を乗っ取っている模様。周りには部下も侍《はべ》らせておりますし、如何にランガ様といえど魔軍四天王が相手ではすんなりとはいかないでしょう。万一周りに殺害現場を見られれば追われる身となります。ランガ様の望む平穏な生活とは程遠い結末になってしまうと思われますが」

アーミラの言葉に、頭に上っていた血がスゥっと下りてくる。

そうだ、冷静になれば考えなしにも程があったな。

ったく、前世ではそれで失敗したというのに……俺は頭をがりがりと掻いて、アーミラに向き直る。

「……そうだったな。短慮《たんりょ》が過ぎた」

「いえ、出すぎた真似をいたしました」

恭しく頭を下げるアーミラ。

しかしすぐに顔を上げる。

「差し出がましいようですが、私めに考えがございます」

「ふむ？」

「人の姿をしていても、奴は魔族。特に人の血と肉を好む不死族です。その性《サガ》からは逃れられません。死霊族が求めるのは新鮮な魂……王都のスレた魂に飽いたレヴァノフが田舎町の心気豊かな魂を欲するのは間違いないでしょう」

「……！　なるほど、それを暴くのか」

「流石はランガ様、察しがいい」

アーミラの言葉に納得した俺だったが、すぐに問題に気づいた。

「しかし……それには何か決定的な証拠を見つける必要があるんじゃないか？　奴は四天王一、用心深い男だぞ。そう簡単に隙を作るとも思えんが……」

「その為の、私です」

アーミラは語気を強めて続ける。

「私がレヴァノフの部屋に侵入し、何か動かぬ証拠を見つけてまいります」

強く、妖しく、アーミラの瞳が輝いた。

■■■

翌日、学校へ行くとクレア先生が思いつめたような表情で皆の前に立った。

「……昨日からナージャちゃんが帰っていないそうです。見かけた人はすぐ、知らせてくださいね」

悲痛な面持ちでそう言うと、クレア先生は俺たちに色々と注意を促した。

知らない人についていかないとか、一人では遊ばないとか。

クレア先生の真剣さに皆、一生懸命耳を傾けていた。

(恐らくレヴァノフの仕業だろうな)

子供の魂はレヴァノフの大好物だ。

特に純朴な田舎の子供は、極上の味と聞く。

王都に本拠地を置くレヴァノフにとっては、旅行中に美味いものをつまむような感覚だろう。

被害が一人で終わるはずはない。

(一刻も早くなんとかしないと、犠牲者が増える一方だ……！)

街の人たちを守る……なんて殊勝《しゅしょう》な事を言うつもりはないが、同じ学校に通う仲間を失うのは気分が悪い。

それは俺の心の平穏を乱す行為だ。

絶対許すわけにはいかない。

ちらりと横を見るとアーミラもまた、鋭い目つきをしていた。

確かナージャとは少し仲良くしていたっけか。……アーミラも辛いだろう。


その日、学校は早く終わった。

しばらくの間は外へ出ず、大人と一緒に行動する事を強く命じられた。

早くレヴァノフを倒さねば、犠牲は増えるばかりである。

俺は決意を新たにし、アーミラと敵地へ向かうのだった。

■■■

学校が終わった俺とアーミラはホテル『ロイヤルズ』へと辿り着いた。

入り口にはホテルの雇った衛兵が二人。微量な魔力の残り香を辿ると……レヴァノフがいるのは最上階か。

「馬鹿と煙は高い所が好きというが……」

「侵入は容易ではない、ですね」

先日は夜遅くにもかかわらず、衛兵が立っていた。

恐らく日夜ずっとであろう。

警備は厳重、この状況下でレヴァノフの部屋を捜索するのは容易ではない。

「こうしていても埒《らち》があきません。とりあえず外から登って部屋の近くまで行ってみましょうか」

「馬鹿、こんなに近くで魔力を練ったらすぐ感づかれるぞ」

如何に鈍いと言えど、レヴァノフは四天王だ。

魔力の気配が薄いこの街中、至近距離で魔力を使えばすぐに知られてしまうだろう。

特に元鬼族である俺とアーミラの魔力の気配は似ている。

四天王ランガに酷似した魔力の気配、レヴァノフが見逃すはずがない。

「では一体どうなさるおつもりですか……？」

「まぁ見ていろ、俺に考えがある」

■■■

「おっ、ランガじゃねーか！　どうしたんだ一体？」

ホテルを出て、辿り着いたのはレントンの家である。

庭の池ではレントンが以前獲った魚に餌をやっていた。

アーミラの言った事を律儀にこなしているとは……なんか不憫《ふびん》だ。

「前に遊びで作ったアレ、あっただろ。まだあるか？」

「ん、アレか。倉庫にあるかもしれないが……どうかなぁ」

「そいつが欲しくてな。見てもいいか？」

「おう。じゃあ上がってけよ。アーミラちゃんも」

「……はぁ？」

不思議そうな顔をするアーミラを置いて、俺はレントンと共に倉庫へ向かう。

大扉を開けて入ると中は薄暗く、埃が舞っていた。

口元を押さえて奥へ行くと、パズルに釣り具、独楽《こま》に竹馬……様々な玩具が乱雑に置かれていた。

これは俺とレントンが遊びで作ったもの。

俺の家は狭いし親父がうるさいので置いておけないのだ。

その奥にある道具箱をゴソゴソと弄《まさぐ》る。

「………………あった！」

そこから取り出したのは、手で掴める程度の大きさの短い筒。

ひょっこり覗き込んだレントンが声を上げる。

「おー懐かしいなぁ。まだあったのか。使い切ったと思ってたぜ！」

「あぁ、何かあった時の為に残しておいたんだ」

「アレ面白かったもんなー！」

ワイワイと盛り上がる俺たちを見て、アーミラは首を傾げている。

「お二方、それは一体……？」

疑問に答える代わりに、俺とレントンはニヤリと不敵に笑った。

■■■

深夜、草木も寝静まったような静寂の中。
俺は『ロイヤルズ』の向かい、民家の陰で息を潜めていた。
手には昼間にレントン宅から手に入れた例の筒。
それを地面に固定し、上部から伸びた導火線に火を点ける。
すぐにその場を離れ、遠くの物陰から見守る。
パチパチと火の爆ぜる音と共に、火は縄を上っていき……筒の中へと入っていった。
その次の瞬間、
どぉぉぉぉぉぉぉん!!
閃光と共に爆音が鳴り響く。
爆発は空高くまで昇り、爆風が辺りのゴミを周囲に撒《ま》き散らした。
家々から声が聞こえ始め、人が外へ出てくる。
向かいのホテルの中からも衛兵やホテルマンたちが。
「よし、目論見通りっと……けほん」
鼻をくすぐる火薬の匂いに少しむせる。
レントン宅から持ってきたものは、爆弾だ。

四天王時代、人間の兵士から作り方を教えてもらったことがあり、それを思い出しながらレントンと一緒に作って遊びに使っていたのだ。

川に投げ込んで魚を気絶させたり、カエルの尻に突っ込んだりして遊んでいた。……うーん、我ながら若かった。

辺りは瞬く間に大騒ぎとなり、番兵隊も沢山集まり始めた。

「さて、とりあえず目的は果たしたか」

そう呟いて、俺はその場を立ち去るのだった。

■■■

その数日後……俺はアーミラを連れ再度『ロイヤルズ』を訪れた。

場所は人気《ひとけ》のない裏口、とはいえ当然衛兵はいる。

通常の侵入は不可能に思われた。

「今からホテルから人を全員出してみせる。お前はその隙にレヴァノフの部屋に入り、何か証拠となるものを盗ってくるんだ」

「そんな魔法のような事が可能なのですか？　……術式や魔道具を利用した大規模催眠とか？　もしくは高レベルの魔眼……？　しかしそれではレヴァノフに……」

「気取られるだろうな。だから両方とも違う」

そもそも大規模催眠も魔眼も、俺は有していない。

俺が行うのはもっと単純、かつ効果的なものだ。

「まぁ見ていろ。それよりすぐに忍び込めるよう、準備しておけ」

「はぁ……」

半信半疑といった顔のアーミラと共に待つことしばし、入り口の方が騒がしくなってきた。

ぞろぞろと人が出てくるのを見て、アーミラは目を丸くする。

「お、驚きました……！　一体どのような手品を……？」

「先日の夜、あのホテルの前で爆発を起こしただろ。そしてすぐに送った一通の手紙が今日届いたはずだ。……『そのホテルには爆弾を仕掛けておいた』とね」

そして手紙を見た従業員は客を逃がし、今に至るというわけだ。

先日の爆弾は囮《おとり》。

アレを見せておけば、脅迫の手紙にもリアリティが増す。

もちろん、ホテルに爆弾など仕掛けてはいない。

「さぁ早く行け。ちんたらしてると探す時間が無くなっちまうぞ」

「は、はい！」

慌てて駆け出すアーミラがホテルに侵入したのを確認し、俺は表口の方に回る。

手紙の嘘はすぐにバレるだろう。

それまで誰も戻らないように、時間稼ぎをしないとな……。

正面玄関に回ると、従業員が逃げた客のチェックをしていた。

その中に礼服で着飾った老人――レヴァノフがつまらなそうに佇《たたず》んでいた。

■■■

人ごみに紛れながらレヴァノフの様子を窺っていると、キョロキョロと周りを見渡しているようだ。

どうやら何かを……というか四天王ランガ《オレ》を捜しているんだろうな。

ならばそれを餌にすれば、時間を稼げるか。

俺はすぅと息を吸い込むと、大きく声を上げた。

「あっちの方で怪しい人を見たよーっ！」

俺の声にその場の人たちが反応して駆け寄ってくる。

「君、それは本当かね？」

「うん、あっちに逃げてった！」

近づいてくる番兵に、あえて大きな声で答える。

レヴァノフはそっぽを向いてはいるが、こちらに聞き耳を立てているようだった。

よし、聞いているな。

「えーっとね、浅黒い感じの肌で、赤い髪だったかなー？　おデコに何かついてたし、見るからに怪しい人だったよ！」

あげつらったのは四天王ランガの身体的特徴だ。

それを聞いたレヴァノフの耳がぴくんと動いた。

「なんと！　それはもしや魔族では……こ、こうしちゃおれん！　ガエリオ隊長に直ちに報告せよ！　それまでは厳重警戒体制だ！」

「ハッ！」

俺の言葉に反応したのは衛兵たちも同じである。

辺りはすぐに慌ただしくなってきた。

「おい、聞いたか魔族だってよ」

「怖いわねぇ。この前は街中に魔物も出たし、最近物騒だわぁ」

集まってきた街の人たちも、不安そうにし始める。

そんな中、一人の男が前に出てきた。

「えー！　おほん！　おほん！　おっっっほぉぉぉん！」

何度も咳払いをしながら現れたのは……親父だった。

やべっ、こんな所で顔を合わすのはまずい。

そう思った俺は思わず物陰に身を隠した。

親父は俺に気づくこともなく、全員の前で大きく声を張り上げる。

「皆様！　ご安心ください！　魔族だろうがなんだろうが、私にかかればすぐに退治して差し上げましょう！」

どん！　と胸を張る親父に、その場の全員が呆気《あっけ》に取られている。

静寂が辺りを包む中、民衆の一人が親父に気づいたようだ。

「あ、あなたもしかして、『鬼十字』のダリルさんではありませんか⁉」

「む……そう呼ばれたこともありましたかな？」

得意げな顔で頷く親父。いや、呼ばれてねーだろ。いつの間にそんな二つ名がついたんだよ。

だがそれを聞いた男はパッと明るい表情になる。

「やはり！　いやぁ息子がファンなんですよ！　どんな魔物も二撃必殺、十文字斬りにて瞬殺してしまうとか！」

手を叩いて興奮する男は、よく見たらレントンの父親だった。

レントンの奴、妙なところまで広めてやがるな。

「みんな！　ダリル殿が来たからにはもう安心だ！　魔族だろうとなんだろうと、すぐにやっつけてくれるさ！」

「おおおおおっ！」

レントン父の言葉に歓声が上がった。

どうやら親子揃って話を大きくする性格のようだ。

親父も満更でもない顔してんじゃねー。

そんな中、レヴァノフがそそくさと移動を始めた。

「あいつ……どこへ行くつもりだ？　俺の指した方向じゃないぞ」

何をするつもりだろうか。

俺は気づかれぬよう、レヴァノフを追う。

レヴァノフは路地裏の方へと向かっていた。

物陰に隠れながら追跡していると、不意に立ち止まりブツブツと呪文を唱え始めた。

「……仄《ほの》暗き闇、重き雲、惑わす霧、死を運ぶ風、我が傀儡《くぐつ》となりて征け。四刻冏霊縄《ガル・シェイダーズ》」

レヴァノフが両手を広げると、掌から無数の黒い靄《もや》が空に溶けていく。

あれは確か……霧の使い魔を放つ魔術である。

「……ま、想定通りだがな」

目立つ存在であるレヴァノフ自身がそう容易く動くことは出来ない。

後はアレを排除するのみだ。

確認した俺は、レヴァノフの使い魔を追う。

使い魔はゆっくりとした速度で辺りを彷徨《さまよ》うように捜している。

街の人々はそれに気づかないようだ。

こいつは戦闘能力がほとんどない代わりに、非常に姿が見えにくいという特性を持つ。

ま、そこそこの使い手であれば魔力を目に集めれば見えるようになるがな。

「そして、こうしてやれば普通に姿が見えるようになる……！」

使い魔に追いついた俺は、用意しておいた灰を浴びせる。

すると宙にモヤっとした塊が浮かんでいるのが、はっきりと見えるようになった。

霧の身体を持つこの使い魔は非常に姿が見えにくいが、完全に見えないわけでもない。

魔物というのは様々な能力を持っているが、工夫次第でどうとでもなるのだ。

灰を被った使い魔は、それにも気づかず無警戒に人ごみの前に出た。

「キャアアアアアアアアアッ!!」

当然、悲鳴が上がる。

「魔物よ！　魔物がいるわ！」

「番兵呼んでこい！　今すぐに！」

「!?　!?　!?」

突然の騒ぎに使い魔は混乱しているようだ。

次第に番兵たちが集まり、戦闘が始まった。

「おっ!?　なんだこいつ！　大して強くないぞ！」

「本当だ！　やれ！　やっちまえ！」

初めて見る魔物に最初は戸惑っていた番兵たちだったが、すぐに調子を掴み圧倒し始めた。

こいつらは姿さえ見えてしまえばゼルより弱い魔物だからな。

普通の人間でも全然勝てる相手だろう。

……よし、ここは大丈夫だな。

俺はすぐに次の使い魔を追う。

「てぇい！」

同様に、次の使い魔にも灰を浴びせ、姿を露わにする。

街の人間がそれを見つけ、通報。

番兵が倒す。

それを何度か繰り返した。

「……ふぅ、これで終わりかな」

最後と思しき使い魔が番兵たちに倒されるのを確認した俺は、大きく息を吐く。

街の番兵が優秀で、下級の使い魔は役に立たない……レヴァノフはそう思った事だろう。

さてさて、レヴァノフよ、次はどう動く？

人間の部下に捜させるなら良し、それとも更に上位の使い魔を出してくる可能性もなくはない……か。

しかしそれは街に混乱を起こす可能性がある。

レヴァノフにとってもリスキーなはず。

「他にありそうなのは……」

「ありそうなのは……なんだね？」

不意に、聞こえてきた声に振り返る。

路地裏の隅に立っていたのは、レヴァノフ本人だった。

■■■

俺とレヴァノフの視線が交差する。

パーティの時見せた柔和な表情はどこへやら、レヴァノフは鋭い目で俺を睨めつけていた。

「君は……さっきホテルの前で叫んでいた子だね？　こんな所で一体どうしたんだい？」

レヴァノフは疑惑たっぷりといった口調で俺に声をかけてくる。

ヤバい、来るのは使い魔かせいぜい副官だろうと思っていたが……まさか本人が来るとは思わなかったぜ。

（こんな街中で戦うわけにはいかない……！）

勝ったとしても騎士団元帥殺し、街にはいられなくなる。

それどころか下手したら大陸規模で指名手配もあり得る。

ここはなんとか誤魔化すしかない。

「あははは……ま、迷っちゃってー……」

「ほう？　それはいけない。おじさんが送ってあげよう」

表情は優しいが、目は全く笑っていない。

恐らくこのまま人気のないところへ連れ込む気だろう。

そうなれば戦いは不可避、それだけは絶対マズい。

「い、いいよー。一人で帰れるからー……」

「そうはいかない。子供を守るのは大人の役目だからね」

適当な事を言って逃げ出そうとするも、腕を広げて逃げ道を塞がれた。

くそっ、簡単には逃がしてくれそうにねーな。

「どうにも怪しいな……君、本当にさっき言ってたような男を見たのかね？」

「うん！　本当だよ！」

「しかし部下に密かに探らせたが、そんな男は見つからなかったらしいがね……本当なのかな？」

何が部下だ。部下は部下でも使い魔だろうが。

思わず鋭く睨みつけていると、俺の視線に気づいたレヴァノフがこちらを向いた。

「……君、中々鋭い目をするじゃないか」

やべっ、何か勘付かれたか。

俺は愛想笑いで取り繕う。

「あ、あはは、そう？　普通だと思うけどー……」

「いいや、それはただの子供には出来ない目だよ」

レヴァノフは俺に確実に疑いを持っていた。

一歩、また一歩と近づいてくる。

ゆっくり、じわじわと手を伸ばしてくる。

——仕方ない、やるしかないか。

俺は覚悟を決めて、大きく息を吸った。

全身に魔力を込める、その一瞬前――

「……っ!」

レヴァノフの手が止まった。

ホテルの方向から、強い魔力が発せられていた。

魔力の察知能力の低いレヴァノフですら気づくほどの、強い魔力。

「……む、まぁいい。気をつけて帰るんだよ」

レヴァノフはくるりと踵を返し、俺に背を向けた。

……ふぅ、助かった。

さっきのはアーミラの仕業だな

仕事が終わったら、ホテルから離れた場所で魔力を開放しろと言っておいたのだ。

鈍いレヴァノフなら、副官であるアーミラと俺の魔力を勘違いすると思ったが、ビンゴだったな。

俺を置いてさっさと帰っていくレヴァノフを見送りながら、額の汗をぬぐうのだった。

■■■

「ランガ様!　ご無事でしたかっ!?」

飛びついてくるアーミラを、ひょいと躱す。

それから少し後、俺はアーミラと合流したのだ。

「それより、つけられてないだろうな」

「うぅ……大丈夫ですよぅ。言われた通りのルートで撒いてきましたからぁ」

不満そうな目でこちらを見上げるアーミラ。

魔力放出後は街の外へ行き、匂いと気配を誤魔化すべく森を通って帰ってこいと指示しておいたのだ。

忠実にそれをやってきたのだろう、アーミラの頭には木の葉が付いていた。

それにレヴァノフの気配もホテル周辺で留まっている。

追跡の気配はない。

「……ふむ、確かに追っ手は来てないようだ。それで、アーミラ。本題だが」

「ハッ、レヴァノフを魔族と断罪する為の証拠でございますねっ！　えぇこちらにございますともっ！」

アーミラはそう言うと、おもむろに懐を弄り始める。

取り出したのは……布の切れ端だった。

「これはレヴァノフの魔力がたっぷり染み付いた、衣服の一部です。ご覧ください、この濃厚な魔力！　これを見れば奴が魔族と即座に理解出来ましょう！」

得意げに胸を張るアーミラに、俺は大きなため息を返す。

「……で、見てすぐ魔力を感知出来るような人間が、俺たち以外この街にいるのか？」

「あ……」

しまったという顔をするアーミラに、説明を続ける。

「魔力がどうとか、そういうのはダメだ。レヴァノフを追い詰めるのはあくまで普通の人間。誰にでも一目でわかる証拠じゃないといけない」

「……ではこの魔道具はどうでしょう!?　杖に水晶に、タロットもございますが」

レヴァノフの部屋から盗んできた魔道具を取り出すアーミラ。

だが俺はそれを一瞥し、首を振る。

「……ダメだな。これらの魔道具はちょっとした街ならどこでも手に入るものばかりだ。決め手にはならない」

何か証拠が見つかるかと思ったが、そう甘くはないか。

他に何か使えそうなものがないか、もう一度見直していると……。

「……ん、これは？」

アーミラが並べた魔道具の中、猫の形をした置き時計に注目する。

「あぁ、これは魔界で流行《はや》った猫時計ですね」

「猫……か」

実は魔界には猫はいない。

というか魔物以外の動物は、基本的には存在していないのだ。

例外は食肉用の家畜くらい。

食うか食われるか、そんな厳しい世界なのである。

これは魔族の熟練工が、人間界に来た際に猫の姿を見て可愛らしいと思い製作した時計なのだ。猫を見たことのなかった魔族にはそれが珍しく映り、貴族の間で一時期流行したのである。

「可愛いけどすっごい品薄だったんですよねぇ。実は私もちょっと欲しくて……盗ってきちゃいました。てへ」

「お前って奴は……」

可愛らしく舌を出すアーミラに若干引きつつも、俺は気づいた。

これはもしかしたら使えるかもしれない。

顎に手を当て、考え込む。

「……いや、しかしお手柄だぞ！　アーミラ」

「ほえっ!?　な、なんですか？　いきなり？」

目を白黒させるアーミラを置いて、俺は背を向け走り出す。

「だがしかし、これだけじゃ足りないな……行きたい場所がある。ついてこい！」

「ま、待ってくださいランガ様ーっ！」

走りながらも俺は思考を纏めていく。

俺の考えが正しければ、必らずアレがあるはず。

予想を確信に変えるべく、俺が向かったのは——番兵たちの駐在する兵舎であった。

第五章　過去との対峙

「おっと君たち、ここは仕事場だから中に入っちゃいけないよ」

兵舎に入ろうとしたところ、番兵に止められた。

くそっ、こんな所で足止めをされている暇はないんだがな。

「大事な用があるのですが……通していただけませんか？」

アーミラが番兵にしか見えないよう、ちらりとスカートのすそを上げる。

オイオイこいつは……俺と同じ10歳くらいだろうに、普通そーいう事するかな。アーミラの奇行に俺はドン引きしていた。

番兵はそれを見てぷっと噴き出す。

「ちょっと君、どこでそんな事を覚えたんだい？　そういう事はもっと大きくなってからにしなさい」

「むぅ……」

アーミラは頭をナデナデされてしまった。

完全に相手にされず、アーミラは不満そうに頬を膨らませている。

番兵たちは健全に、大人の女性がタイプなのである。

「大事な用があるんだよーっ！」

「ダメダメ、もう日が暮れるからおうちに帰りなさい」

ぴょんぴょんと跳びはねて子供らしくアピールするが、それもダメ。

番兵はどうあっても通してくれそうにない。

だが丁度跳んだ拍子に、俺は見知った姿を見つけた。

「あーっ！　ガエリオさーんっ！」

俺の声にガエリオは気づいたようだ。

笑顔で手を振りながら、こちらに向かってくる。

「やぁランガ君にアーミラちゃんじゃないか、よく来たね」

「こ、これはガエリオ隊長殿！」

俺とガエリオが知り合いだとわかると、番兵は慌てて敬礼をした。

俺はその隙に番兵の間をすり抜けガエリオの元へ駆けていくと、耳元でこそこそと囁いた。

「ねぇねぇガエリオさん、元帥さんについて聞きたいんだけど。……ってこと、なかった？」

「ん？　あぁ……そういえばそうだったかもしれないな」

考え込んだ後、ガエリオは答える。

……やっぱりか！　ならばこの時計、使えるかもしれない。

「ありがとガエリオさん！」

「うん、また何かあったら遊びに来るといい」

ガエリオに手を振って、俺は駆け出す。

これなら間違いなく、レヴァノフを追い詰められる。

後は奴を糾弾する場を整える。

それには親父の力が不可欠だ。

■■■

家に帰ると、親父は鎧を着て出かけるところだった。

「おうランガ、アーミラちゃん、今帰りか？」

「父さんは今から仕事？」

「おうともさ。魔物は出るわ子供は行方不明になるわ、最近は出ずっぱりだぜ」

そう言って、ごきごきと肩を鳴らす。

顔には言葉の通り、疲労の色が見て取れた。

「大変でございますね。ダリル様」

「へっ、それが俺の、俺たちの仕事だからな」

口元を引き締め、まっすぐに前を向き、言う。

誇り高き番兵隊としての言葉。

親父は街を守る男の顔になっていた。

「いなくなったのはお前のクラスメイトなんだろう？　まぁ俺に任せとけ！　何せこの街の新たな英雄なんだからな！　ガハハ！」

大笑いしながら、親父は俺の頭をがしがしと撫でる。

今までの親父とは違う、自信に満ちた顔。

魔物を倒し、英雄扱いされたことで自信を得たのだろう。

そんな親父にこんな事をするのは気が引けるが……やらねばならない。

俺は神妙な面持ちで親父に声をかける。

「……父さん」

「ん、なんでぇ？」

そう尋ねる親父の目が、とろんと微睡《まどろ》む。

「はふぇ？」

気の抜けた声を発した親父は、足をがくがくと震えさせた後、床に腰を下ろした。

閉じていく親父の目にはアーミラの青く輝く瞳が映っている。

アーミラが目を閉じ、次に目を開けるとその輝きは収まっていた
「……これでよかったのですか？　ランガ様」

「あぁ、上出来だ」

——アーミラの持つ魔眼の一つ、『睡眠《すいみん》の魔眼』。

それを最大出力で放ってもらった。

これで親父は三日三晩眠り通しだろう。

「後は親父の名を使って、みんなを集めるだけだな」

待ってろレヴァノフ。今決着をつけてやる……！

決意を胸に俺は窓の外の月を見上げるのだった。

■■■

以前パーティを行った砦に、街の番兵たちが集まっていた。

俺が親父の名を使い、皆を集めたのである。

皆、理由もわからず困惑していた。

「おいおい、ダリルの野郎、なんの用で俺たちを集めやがったんだ？」

「ガエリオ隊長はご存じなんすか？」

「いや、僕は全くわからないが……」

「誰か説明出来る奴はいないのかよ。……お、誰か入ってきたぞ」

次第に声が大きくなっていく中で、大扉が開いた。

入ってきたのはレヴァノフである。

ゆっくりと左右を見渡した後、中央に歩み出た。

「む……どうしたのかね、こんなに集まって……」

不思議そうに声を漏らすレヴァノフに、ガエリオが駆け寄る。

「元帥殿！　あなたも呼び出されたとは……一体何があるかご存じなんです？」

「さぁ、私もなんの用だかさっぱり……」

「なんと、では一体……」

どうやらそろそろ頃合いか。

砦の二階、カーテンの中に潜んでいた俺は、踊り場に進み出ると手を叩いた。

階下の者たちの視線が俺に集まる中、全員に聞こえるように声を上げる。

「――それは私ですよ」

「ダリル殿っ⁉」

全員の視線が、親父の鎧を纏った俺に集まる。

よし、みんな俺を親父だと勘違いしてくれているな。

皆からは距離が遠く、逆光になっているので鎧を着ているだけでわかりはしない。

ちなみに声はアーミラの調達してきた魔道具で変えている。

抜かりはない。

そう、レヴァノフが元帥に化けた魔族だと証明する為、俺は色々考えた。

騎士団元帥として長年生きてきたレヴァノフである。今更そう易々と尻尾を出すまい。

子供の俺が追求したところで鼻で笑われて終わりだ。

ならば、今や英雄となり発言権の増した親父ならどうだろうか？

十分な証拠、そしてやり方次第では追い込む事も可能なはずである。

そうとは知らぬガエリオが、こちらを見上げ声をかけてくる。

「一体どういうことですか、ダリル殿？　我々も暇というわけではない。行方不明になった少女を捜さねばならないのですよ！」

「その犯人がわかった、と言ったら如何です？」

「なんと……!?」

俺の言葉に皆がざわつく。

「そ、それは一体誰だというのですか!?　まさかとは思いますが……」

「えぇ、そのまさかです。いるんですよ。この中に、犯人が」

「なっ……！」

ざわめきは更に大きくなり、うるさいほどになった。

その中から一人が進み出て、俺を睨みつけてきた。

「おい！　ふざけるなよダリル！　テメェまさか仲間を疑ってるのか!?　間違いでしたじゃすまねぇぞコラァ！」

親父の同僚が怒りの表情で声を上げる。

街を守る番兵隊の、自分たちの仲間に犯人がいるなどと言われたら怒って当然だろう。

俺はそれを落ち着かせるべく、すぐに続きの言葉を話す。

「まぁ待ってください。この中の、と言いましたが正確には違います。犯人はこの中の人を殺し、入れ替わった魔族の仕業なのですよ」

魔族という単語に、その場の全員が驚愕の表情を浮かべた。

無理もない。魔族というのは魔界でも深部にいる存在。

基本的に人間界で見ることはないのだ。

「魔族……だと!? し、しかし魔族が侵入すれば気づくはず！　少なくとも大きな騒ぎになるだろうが！　お前も番兵ならわかるはずだ！」

「えぇ、ですがその魔族は、正面から堂々と入ってきたのですよ。我々の大歓迎を受けながら、ね。……この中に、つい数日前街へ来た人がいるでしょう。そして彼が来てから、子供の行方不明事件が起こった……！」

「まさか……」

全員の視線が一点――レヴァノフに注がれる。

「これをご存じですかな?」

俺は畳み掛けるように一冊の本を取り出すと、階下へ落とした。

ガエリオがそれを拾い、パラパラとめくる。

「この本は……『魔界探索記《まかいたんさくき》』?」

「えぇ、勇者殿が魔界に行った時の事を記した本です」

魔界探索記は魔王を倒し帰還した勇者が書いた、当時の魔界を綴る伝記である。

日々の戦いと様々な魔族の特性、戦闘方法、行動パターン、その他諸々が書かれたもので、読み物としても面白く瞬く間に人気となった。

特に魔物との戦闘がある番兵や騎士団では全員に配布されている。

俺も親父が持っているやつをこっそり読んだが、魔界生物を驚くほど正確に書き記していた。

十年以上経った今でも書店に置かれている、大ベストセラー本である。

「この中に丁度、記されているのですよ。人を殺し身体を乗っ取る能力を持った魔族がね。どうぞ頁をめくっていってください。そう、五〇〇頁辺りからです」

俺の言葉の通り、ガエリオは本をめくり始めた。

静寂の中、パラパラと紙をめくる音が響く。

五〇〇頁以降は魔族の中でも最上位の者たち。

貴族や部隊長、副官クラスが記されており、アーミラの事も書かれている。

後ろに行くにつれ階位は上がっていき、四天王ランガの項目もある。そろそろかと思い、俺は声をかけた。

「そして、五八九頁」

ぱらり、と頁をめくる手が止まる。

そこに書かれているのは魔軍四天王の一人、死王レヴァノフ。

能力欄の一つには、殺した者の肉体を乗っ取り我が物とすると記されていた。

「そう、子供を攫い、騎士団元帥と成り代わったのは――死王レヴァノフ。お前だ！」

俺はゆっくりと持ち上げた右腕を、レヴァノフに向け真っ直ぐに突き付けた。

■■■

静寂が辺りを包む。

全員の視線が集まる中、レヴァノフは笑った。

「フォッフォッ！　英雄殿は冗談がお好きなようじゃの！」

ひとしきり笑い終えた後、レヴァノフは俺を睨み上げる。

鋭く、冷たい目であった。

「……しかし、あまりに妄想癖が過ぎるな。妄想に囚われた者は危険、力を持っていればなお、だ。これは処分の必要があるかの」

「レ、レヴァノフ殿！」

先ほど声を上げていた番兵の男が、間に入ってきた。

「申し訳ございません！　うちのバカがとんでもない戯言《たわごと》を……おらダリル！　さっさと謝りやがれ！」

レヴァノフに何度も頭を下げながら、男は俺を睨む。

彼は確かヴァーゴとかいったか。

親父が時々ウチに連れてきて、一緒に飲んでいた男だ。

どうやら俺の……いや、親父がおかしくなってしまったと心配しているのだろうが……俺は首を横に振る。

「いいえ、そういうわけにはいきませんね。番兵隊として、街に入り込んだ魔族は速やかに排除せねばなりませんので」

レヴァノフを睨みつけ、言う。

もはや取り繕う必要はない――という俺の決意に満ちた言葉にヴァーゴは息を呑む。

「ダリル……お前……くそっ！　知らねぇぞ！　馬鹿野郎！」

ヴァーゴは荒々しく吐き捨てると、どっかと腰を下ろした。

この人、口は悪いが親父を心配しているんだよな。

親父が離婚した時も、真っ先に相談に乗っていたし。

俺はヴァーゴの友情に苦笑しながらも、視線をレヴァノフへと戻す。

「そういうわけですよ。あなたが魔族という言葉、覆すつもりはない」

「……ふん、下らん。ワシが死体と言うならば、この血潮巡る顔身体はどう説明する？　死体どもは血の通わぬ青白い肉体であろうが」

「あれは下級の不死族《アンデッド》です。上位の魔族が手間暇かければ、人の機能を丸々持たせたアンデッドくらいは作ることが可能です。その性能は本物と寸分違わぬ精巧なもの。刺せば血も出るし、臓腑《ぞうふ》も動いている。見た目による判別は不可能と言っていい」

その言葉にヴァーゴが反論の声を上げた。

「おいおい、だったら元帥殿が魔物だと証明出来ないって事じゃねぇか！」

「元帥殿が魔物だという証拠はあるのか!?」

「そうだそうだ！」

口々に騒ぎ立てる皆を一瞥し、頷く。

「もちろん、ありますとも」

立ち上がり、俺はゆっくりと歩きながら語り始める。

「上位魔族は人の死体を、ほとんど生前と同じように操るわけですが、その際に一つ行うことがあります」

「勿体つけてねぇで続きをさっさと言いやがれってんだ！」

「まぁまぁ、落ち着いてください」

飛んでくるヤジが静まるのを待ち、口を開く。

「それは修復。回復魔術により殺した時の傷を修復するのですよ。その際に余計な部分まで修復してしまう事があるのです。十年前、ラングリード平原で起こった戦いを憶えていますか？　元帥が一個師団を率いて魔族の軍団と戦った時のことです。あの時元帥は左脚に攻撃を受け、杖を突いていましたね？　その割に今はどうもない様子ですが……」

俺の言葉に全員が何かに気づいたように押し黙る。

追及を受けたレヴァノフはそれを鼻で笑い飛ばした。

「ハッ、バカな事を。十年も経てば大抵の傷くらい治る！　ワシの左脚はもう何年も前に完治済みだ！」

「ほう……そうなのですか？　左足はもう完治したと？」

「あぁ、そう言っている！」

「間違いはありませんか？」

「くどい！」

　レヴァノフははっきりと言い切った。

　それを聞いた皆は、信じられないといった目をレヴァノフに向ける。

「お、おい……今の……」

「あぁ……まさかマジで……」

　ひそひそと囁き声が聞こえ始める。

「な、なんだね一体……」

　疑問の声を上げるレヴァノフにガエリオが尋ねる。

「元帥殿、左脚の怪我が完治した、というのは間違いありませんか？」

「何度もそう言っておる！　間違いはない」

「そうですか……それはおかしいですね。ラングリードの戦いは僕も同行したのでよく覚えていますが、元帥がお怪我されたのは、右脚ですよ」

「ぁ――」

　ガエリオの言葉にレヴァノフが硬直する。

漏れ出た声は、自らの失態を表していた。

動揺が一気に広がった。

「い、いや……これは失礼。ごほん、ただの言い間違いだ」

せき込みながらも取り繕うレヴァノフだが、皆に撒かれた疑惑はそうぬぐえるものでない。

俺はこの流れのまま、追撃を仕掛ける。

「言い間違い？　それこそあり得ませんね。戦場の傷は戦士にとって最上の誉れ。宴の場ともなれば互いの古傷を語り合うもの。それを言い違える事などあり得ない！」

ばん！　と威圧するように手すりを叩く。

広まる静寂。

俺の言葉を戯言と笑う者はもう誰一人としていなかった。

レヴァノフは苦虫を噛み潰したような顔になる。

初めて見せた表情だった。

「……馬鹿な！　言葉尻を捉えただけで魔族扱いなど！　あまりに卑怯下劣な行為ではないか！

これ以上弁明の必要などない！　ワシは忙しいのだ、帰らせてもらう！」

逃げようとするレヴァノフの前に、数人の番兵たちが立ち塞がった。

「まぁ待ってくれよ元帥殿。もう少し話を聞こうじゃあないか」

ヴァーゴが先頭に立ち、言った。

それに他の番兵たちも続く。

「そうですねぇ。俺たちゃ馬鹿だから難しい事はよくわかりませんが、ダリルの野郎が言ってるのもちょっとはわかりますぜ」

「なぁに、あいつが適当こいてるのがわかったら、ボコボコにしてやりますんで！」

「くっ……」

レヴァノフは左右を番兵たちに固められ、俺の前に戻るしかなかった。

よし、流れは俺のもののようだな。

一気に畳み掛けるべく、俺は麻袋を取り出し皆の前に出す。

「最後に、これをご覧ください」

そう言って袋を開け、中から取り出したのは黒く丸い毛玉のような生き物。

それはもぞもぞと身体を動かした後、皆の方へ首を向けた。

三角形の尖った耳、鮮やかな色彩の瞳、長く伸びた尻尾。

突如現れたその生き物に、皆驚き戸惑う。

「それは……！」

「えぇ、猫ですよ」

両腕に抱きかかえた猫は、不機嫌そうに俺を睨みつけるのだった。

■■■

これはこの前、俺のハンバーグを泥棒した為に仕置きした黒猫だ。

今は反省したのか、すっかり俺に懐いている。

「フー……！」

抗議するように爪を立てようとする猫だが、腕を掴めば喰らうはずもない。

ジタバタと暴れる猫を、俺はなだめるように抱き直した。

よーしよし、すっかり懐いているな！　うん！　……いや、ちょっとまだ懐いていないようである。

「猫……？　猫だと？」

「猫が一体何を……？」

再度、ざわめきが辺りを包む。

猫を抱く俺を見て、番兵たちが首を傾げている。

そんな中、ヴァーゴが声を上げた。

「そうか、わかったぞ！　猫は古くから魔の気配を好むと聞く！　その猫が元帥に寄っていけば魔族だと言いたいんだな⁉」

ドヤ顔のヴァーゴに、首を振って返す。

「残念ながら、全く違います」

魔術の存在するこの世では、こういった呪《まじな》いめいた迷信が幾つも存在する。

だがそれはただ大多数の人間を安心させる為、一人の生け贄《にえ》を作るようなもの。

しかも吊し上げはそれで終わる事はなく、疑心暗鬼になった民衆は次々と犠牲者を生み続ける。

恐慌《きょうこう》を作り出すならともかく、平穏に暮らしたい俺がやるべき事ではない。

「何ィ!?　じゃあなんだってんだ!?」

声を荒らげるヴァーゴに俺は魔界探索記を指差す。

「この本にも書かれておりますが、魔界には猫がおりません。基本的に小動物は魔物の餌となってしまいますから。更に言えば魔族の纏う魔力を恐れ、決して近づく事もない。魔族は猫と触れ合う事は出来ないのです」

あああああ、と憐《あわ》れむような声が辺りに響く。

「魔族とはなんと哀れな生き物なのだ」

「猫と戯《たわむ》れる事も出来ないとは……悲しいな……」

転生して思ったが、人間ってやつはやたら小動物を好む。

特に猫、こんなもん生意気なだけだと思うが……甘やかしているからつけあがるんだぞ。

猫は生意気な顔で俺を睨んでいる。

「……ともあれまぁ、それ故魔族には猫の鳴き声がわからないのですよ。元帥殿、あなたが魔族でないと言うならば……この猫がどう鳴くのか答えられるはず」

俺の言葉にレヴァノフは勝ち誇ったような笑みを浮かべた。

魔界には猫はいない。魔族に猫は近づかない。

だが自分は猫の声で鳴く置き時計を所持している。

それを知らぬとは馬鹿め……とでも言いたそうであった。

そんなレヴァノフに、敢えて問う。

「……如何か？」

「ハッ！　馬鹿馬鹿しい！　猫の鳴き声を知っているか、だと!?　そんなものわかりきっておろうが」

「えぇわかりきっておりますね。……もちろん、今度は言い間違えはナシですよ？」

「当然だ。誰でも知っているようなものを言い違えるはずがない！　猫の鳴き声、それは――」

「それは？」

レヴァノフは大きく息を吸い、吐くと同時に言った。

「『コケコッコー』だろうが！」

はっきりと、きっぱりと、言い澱《よど》む事なく。

その場にいる全員の耳に、間違いなく聞こえたようだった。

レヴァノフに向けられた全員の信じられないといった目が、それを表していた。

「……皆さん、今の言葉を聞きましたか？」

「あ、あぁ……」

「えぇ、間違いなく聞きました……それにしても、まさか……」

ヴァーゴもガエリオも、当然他の全員も、想定外の言葉だっただろう。

怪訝《けげん》な目を向けられ、レヴァノフは戸惑っている。

「な、なんだ⁉　猫が『コケコッコー』と鳴くのがおかしいのか⁉」

どうやらレヴァノフはそのおかしさに、全く気づいていないようだった。

俺は返答の代わりに、ばん！　と手すりを叩いた。

「『コケコッコー』と鳴く猫などいないッ！」

「な――――ッ⁉」

驚愕の声を上げるレヴァノフ。

俺の手からすり抜けた猫が飛び降り、『ニャー』と鳴いた。

「なななな、なななな、なななななななな……！」

震え声で『な』を連呼するレヴァノフ。

ここにきては弁解のしようもない。

その顔は鬼気迫るものがあり、今までの柔和な老人とは打って変わった――――まさしく魔族めいたものだった。

「し、しかし何故元帥殿はそのような間違いを……？」

「原因はこれですよ」

そう言って俺が取り出したのは、レヴァノフの部屋から取ってきた猫の置き時計。

「これは魔界で売られていた時計です。先ほど言ったように魔界には猫がおらず、珍しさから一時期流行りましてね。……ですがこれには一つ、間違いがあるのですよ」

そう言って猫の頭の部分を押すと、時計は『コケコッコー』という間の抜けた音を鳴らした。

「とある魔族の職人が人間界に赴《おもむ》き、猫を見て、この時計を製作したと言われています。しかしその職人はその際近くにいた鶏の鳴き声を猫のものと勘違いしてしまったのでしょう。この猫時計は『コケコッコー』と鳴くのです。元帥殿……いえ、レヴァノフはそれを知らずに答えてしまった」

「な、なんと……」

もはや言い間違えなどと言い逃れするのは不可能。

間違いようのない事実に、皆はレヴァノフから離れていく。

「た、確かにワシが物知らずだったという事は認めよう！　しかしそれが魔族に繋がるか⁉　子供の誘拐に繋がるか⁉　それはただの状況証拠にしかならぬ！　そうだろうッ⁉」

それでもレヴァノフは弁明の言葉を重ねる。

あまりの見苦しさに、その場の全員がドン引きしていた。

し、しぶとい……さっき言い違えるはずがないとか言ってたくせに……。

だがレヴァノフの言う通り、これだけではまだ憶測の域を出ない。

とはいえこいつの往生際の悪さは想定の範囲内。もう少し、もう少し待てば決定的な証拠が届くはずだが……。

「ふん、もういいだろう！　これ以上つまらん話に付き合ってやる義理もない！」

声を荒らげ、踵を返すレヴァノフに、俺は慌てて声をかける。

「ま、待て！　レヴァノフ！」

「レヴァノフだぁ……？　そんな名前は知らんなッ！　ワシは忙しいのだ。帰らせてもらう！」

レヴァノフが扉に向かうのを止めようとして、思い留まる。

ダメだ。俺の正体をバラすわけにはいかない。

力ずくでは止められない。

そして街の外に逃げられたら最後、有耶無耶《うやむや》にされてしまうだろう。

もうダメか、諦めかけたその時である。

「お待たせしましたっ！」

大扉を開け、入ってきたのはアーミラだった。

その横に立つのは見覚えのある少女――行方不明になっていたクラスメイトのナージャである。

どうやら間に合ったようだな。

アーミラは俺を見上げ、ぱちんとウインクをした。

「この娘は元帥の別荘に囚われていましたわっ！　今しがた私が侵入し、助け出しました！」

「ど、どうも……ご迷惑おかけしました……」

大きく胸を張るアーミラの横で、ナージャは申し訳なさそうに小さく頭を下げる。

レヴァノフを呼び出しこちらに引きつけ、その隙にアーミラを捜索に向かわせたのである。

あの屋敷がレヴァノフのものだとわかった時、そこに行方不明となったクラスメイトのナージャが囚われていると思ったのだ。

そして、予想は的中した。

「あーっ！」

ナージャがレヴァノフを指差し、声を上げる。

「この人です！　私、あの屋敷でこの人を見ました！」

指から身を躱そうとするレヴァノフだが、ナージャはそれを追う。

右、左、右、と。

……見苦しいやり取りを見届けた後、俺は落ち着いた口調で言った。

「――さて、もはや言い逃れは出来ませんね」

ヴァーゴの、ガエリオの、番兵たちの、アーミラの、そして俺の視線を受けるレヴァノフに、俺はトドメを刺す。

「正体を現せ！　魔軍四天王、死王レヴァノフ！」

静寂の中、レヴァノフは俯《うつむ》いていた。

だが次第にその肩を震わせ始める。

「……くっ」

声が漏れた、その直後。

「くはははははははははははははははははははははは！！！！」

レヴァノフの笑い声が、辺りに響き渡った。

「くっ、くくくっ！　ひはははははははっ！」

狂ったように笑うレヴァノフ。

そのあまりに異様な迫力に押され、全員が遠巻きに眺めるしかなかった。

レヴァノフの笑いは、延々と続いた。

「ひぃ、ひぃ……クヒヒッ！　はー、やれやれ、参った参った。よもや貴様のような雑兵《ぞうひょう》にワシの正体を見破られようとはな」

ひとしきり笑い終えたレヴァノフの顔は蒼白く染まり、目は鋭くぎらつき、口は大きく裂け、歪んだ形相となっていた。

まさしく魔族――魔軍四天王、死王レヴァノフのものだった。

その異形に気づいたガエリオが壁に掛けられていた槍を手に取り、レヴァノフの方へ向ける。それに他の番兵たちも続く。

「貴様……何がおかしいッ！」

ガエリオの問いに、レヴァノフは下卑《げび》た笑みを浮かべたまま首を傾ける。

「おかしい……？　あぁ可笑しいとも。貴様らの愚かさを笑わずにいられようか！　気づかぬふりをしておればその命、失わずに済んだものを……何故そう死に急ぐのだ？　馬鹿なのか？　それとも大間抜けなのかァ!?」

もはやレヴァノフは元帥としての振る舞いをやめていた。

挑発するように、番兵らを見渡し嘲笑《ちょうしょう》する。

「何ィ!？　どういう意味だ!?」

「それを言わねばわからぬか？　クヒヒッ！」

「き、貴様ーッ！」

激昂《げっこう》した番兵全員でレヴァノフを取り囲み、手にした槍を突きつける。

逃げ場はない。――ただしそれは相手が普通の人間であるなら、の話だが。

「全員、あの魔族を捕らえろ！　絶対に逃がすなッ！」

「クヒャヒャッ！　愚か愚かァ！」

レヴァノフは笑いながら全身に魔力を込めた。

と同時に、轟《ごう》と禍々《まがまが》しい魔力の渦が吹き荒れる。

「うわあああああああっ⁉」

「ぎゃああああああああっ‼」

その圧倒的衝撃波に、番兵たちはたまらず吹き飛ばされてしまう。

堪えているのはヴァーゴとガエリオ、そしてアーミラくらいだ。

しかし熟練とはいえ、ただの人間である二人には四天王の魔力は重すぎる。

「っ……！　す、すまねぇ隊長殿……！」

すぐに膝を突き、気を失うヴァーゴ。

残っていた番兵たちも次々と倒れていく。

「ヴァーゴ……くっ……！」

ガエリオも立っているのがやっとという状態だ。

なんとか耐えてはいるものの、徐々に身体が沈んでいく。

膝が地に付き、やがて両腕も。そしてついに全身が地に伏した。

レヴァノフはそんなガエリオの頭を、足で踏みつける。

「が……っ⁉」

「クヒッ！　ワシは魔軍四天王、レヴァノフ様だぞ？　誇り高き魔族の、更に誇り高き最上位種なのだ！　貴様らのような凡百《ぼんぴゃく》の雑兵如きがどうにか出来ると思っているのか⁉　クヒッ！」

足に力を込めていき、ガエリオは頭を垂れ……ついに地面に押さえつけられた。

そのままグリグリと踏みにじるレヴァノフ。

擦れた部分が砂で傷つき、血がにじんでいた。

「愚かよなァ？　あのまま黙ってさえいれば、あの男のように死なずに済んだものを……ゲンスイだったか？　クヒッ、大した力もない癖にワシを止めようとして、結果このざまよ！　奴の死に際を教えてやろうか？　軍内部に潜り込んでいたワシを見つけ、無謀にも戦いを挑んできたのだよ。もちろん勝てるはずもなく、あっさり返り討ちにしてやったがな。しかしワシはそれを不思議に思った。見過ごしておけば無為に死ぬこともなかっただろうにと。死にかけの奴に問うたのだよ。だが奴が言ったセリフが傑作でな。クヒッ、『正義の為に、貴様のような悪党を見過ごすわけにはいかん！　勝ち目がなくとも戦うのが騎士としての務め！』だとよ！　クヒヒヒ！　ヒハハハハハハハハ‼」

レヴァノフの勝ち誇った笑いが辺りにこだまする。

しばらく馬鹿笑いは続き――

「……ふっ」

と、洩れるような笑い声が聞こえた。

声の主は地に伏したガエリオだった。

「……何がおかしい」

「やはり元帥殿は私の思った通りのお方だ、と思ってな」

ガエリオはそのまま頭を動かし、レヴァノフを目だけで睨み上げる。

ぶちぶちと綺麗な金髪が切れ、頬が土に塗れようと気にする事なく。

「元帥殿の行為はとても立派なものだ！　力及ばずとも、騎士として力の限りを尽くす！　それは人として当然の事だ！　私が同じ立場でも同じ事をするだろう！　……魔族よ、貴様のような輩《やから》に我ら人類は屈しない！」

そう言い放ち、ガエリオは身体を反転させ腰に下げていた短剣を抜き、レヴァノフへと投げた。

咄嗟に躱すレヴァノフの頬に一本の線が入り、赤い筋が垂れてきた。

左手でそれをぬぐうレヴァノフ。その手に付いた赤い液体を見て、こめかみがぴくぴくと痙攣《けいれん》し始める。

「……貴、様ァァァァァァァァ！」

怒りのままにレヴァノフは、ガエリオの頭を踏みつける。

何度も何度も、何度も何度も。

「……ッ！」

見かねたアーミラが飛び出そうとするのを、目で制する。

まだだ、ここで飛び出せば、ガエリオに俺の正体を見破られる恐れがある。

せめて彼が気を失うまでは……それを待つ俺とアーミラを見て、ガエリオは唇を動かした。

「に、げるんだ……！　アーミラちゃん、ダリル殿も……今のうちに……！　助けを……呼んで……」

それだけ言って、ガエリオは目を閉じた。

意識を失ったのだろう。

満足したように、レヴァノフはガエリオを見下ろす。

「クヒッ、偉そうに言っておきながらこのザマよ！　愚か、愚か、まさしく愚かよなぁ！　……どうれ、次は貴様らの番……」

レヴァノフは勝ち誇ったように笑いながら、俺の方へ視線を向ける。

――が、既に俺はそこにはいない。

「な……？」

ガエリオを抱きかかえた俺はレヴァノフの遥か後方へと跳び、壁際へと下ろした。

気を失っているはずのガエリオは、未だ戦意を失っていないのか槍を手にしたままだった。

「かっこいいぜ、ガエリオさんよ」

最後まで抗おうとする意志、助けを呼びに行かせるべく、時間を稼ごうとする状況判断力。

まさに番兵隊隊長として申し分ない。

俺はガエリオに声をかけた後、ゆっくり立ち上がる。

「……ふん、大した動きだが所詮ただの人間……」

――と、そこまで言いかけてレヴァノフは表情を変える。

すぐに気づく。四天王の魔力の奔流を受けながらも平然と佇む、俺とアーミラに。

「な、なんだ貴様ら！　何故ワシの魔力を受け、立っていられるのだ!?」

「ふ……貴方程度の魔力に臆していては、我が主の横に並び立てませぬ故」

アーミラが俺の横に立ち、言った。

それを見てレヴァノフは気づいたようだ。

「貴様ら、まさか……！」

「そういう事だ、久しぶりだな。レヴァノフ――」

俺もまた、レヴァノフに応じるべく魔力を開放する。

制御し、抑え込んでいた魔力が一気に放出される。

俺とレヴァノフの魔力が混ざり合い、辺りは魔力の激流に呑まれてた。

■■■

「……なるほどのォ、そういうわけか。鬼っ子よ」

「そういう事だ。死にかけジジイ」

睨み合う俺とレヴァノフ。

その間でバチバチと火花が爆ぜるような音が鳴っていた。

これは比喩でもなんでもない。

互いの魔力と魔力がぶつかり合う音である。

同格の使い手がぶつかる事で、稀に起こる現象だ。

その魔力の渦は周囲を巻き込みながら成長し、邪魔者を遮《さえぎ》るバトルフィールドとなる。

こうなるともはや、アーミラは邪魔でしかない。

「全員を俺たちから離してくれ、アーミラ」

「了解しました」

それをわかっているのか、アーミラも俺の言う通り気絶した番兵たちを引きずって、後ろに下がる。

轟々と魔力の吹き荒れる中、俺とレヴァノフはじりじりと距離を測りながら、互いに仕掛けるタイミングを窺う。

「しかし驚いたぞ。貴様が確実に死んだのは、使い魔を通し確認していたのだがな？」

「確認だと？」

「クヒッ、貴様が勇者を前にして、逃げ出さんとも限らんしなァ？　……しかしなるほど。つまりその身体、転生体というわけか？　人間に転生するなどと……ヒャハハッ、最下等種の鬼らしい無様な末路ではないか？」

「そんな人間の皮を被り、人間社会で隠れ潜んでいたお前に言われたくはねぇな」

「……減らず口を」

憎々しげな言葉を漏らしながらも、レヴァノフが纏う魔力が揺れる。

揺らぎは塊となり、右手に集まっていく。

「そのような貧弱な身体で受けられるか!? 漆黒魔導球《シャドーボール》！」

レヴァノフの右手から魔力弾が放たれる。

中級クラスの魔術。だがこの程度、なんという事はない。

俺はそれを右手を振るって弾き消した。

「っ……!? で、ではこれならどうだ！ 漆黒魔導連弾《シャドーバレット》ッ！」

驚愕の表情を浮かべながらもレヴァノフは魔力弾を連続して放ってくる。

が、その悉くをかき消しながら、往く。

「馬鹿な！ 何故ワシの魔術が効かないのだ!?」

動揺するレヴァノフに更に一歩、歩み寄り――

「たかだか魔力の塊程度で、俺の歩みを止められるわけがないだろう?」

言い放つ。そして手にした槍を振り被り、突く。

魔力を纏った槍による高速の突き。

「……くッ!?」

辛うじて躱したレヴァノフの頬が裂け、鮮血が噴き出す。

死霊術による死体操作は、肉体を丸々利用する。

その血も、臓腑も、レヴァノフの魔力によりただ操作されているだけなのだ。

――元の持ち主の魂とは、全くの関係もなく。

故に俺はただ、その身体を持ち主の元へ返すのみだ。

すなわち、速やかに塵《ちり》へと還す。

「……たかが最下等種の鬼風情が、調子に乗りおって……！」

なんとか体勢を立て直したレヴァノフが悪態を吐く。

大きく後ろに跳びながら、巨大な魔力弾を放ってきた。

――極大漆黒弾《シャドークラッシュ》、最強クラスの闇魔術。

だが俺は臆することなく、槍を振り被り突っ込んでいく。

「おおおおおおおおおおおっ！」

裂帛の気合を込めた斬撃が、巨大魔力弾を真っ二つに切り裂いた。

高レベルの魔力弾は安定するまで大した威力はない。すなわち発生直後を叩けばいいのだ。

本来であればこんな使い方はしないだろう。

しかし戦ってみてわかったがレヴァノフの実戦経験はゼロに近い。

戦闘における魔力の使い方も、魔術の選択も、全くと言っていいほどわかっていない。

いわば巨剣を持っただど素人。如何に一撃必殺の武器と言えど、使い手が悪ければ当たろうはずもない。

霧散する魔力弾のすぐ横を通り抜け、レヴァノフの眼前に迫る。

振り被った槍でがら空きの胴体を真っ直ぐに、薙《な》ぐ。

手応えは遅れてやってきた。

斬撃は深々とレヴァノフの身体を裂き、鮮血が噴き出す。

尻餅をついたレヴァノフにトドメを刺すべく、手にした槍に魔力を込める。

……思えばこいつには四天王時代、色々と世話になった。

自分たちは魔術による後方支援だとか言って、俺の部隊に常に前線での戦いを強いてきた。

足止め、囮、捨て駒……そのたびに俺の身体には傷が増え、部下たちが死んでいった。

今更と言えばそれまでだが、恨みが消えたわけではない。

こいつを消す理由は幾らでもある。

それを思い出すと、俺の胸は殺意でいっぱいになっていく。

膨れ上がった俺の殺意に、レヴァノフの全身がぶるりと震えた。

「――――終わりだ」

「ひっ!?」

俺の殺気にレヴァノフは小さな悲鳴を上げる。

「ま、待て！　いや、待ってください！　お願いします！」

レヴァノフの言葉に俺は手を止めた。

「……どうした。今更命乞いか？」

「助けてくれ！　四天王時代、一緒に戦ってきた仲間じゃあないか！　な！　なんでもする！　だから、命だけは……！」

「一緒に戦ってきただァ……？　後ろで人をいいようにコキ使ってきた、の間違いだろう」

「ち、違う！　ワシは後方支援が得意なタイプだから、それで……」

「テメェに足を引っ張られた事はあっても、支援を受けた記憶はないな」

こいつと戦うと仲間が多く死ぬ、そうさせぬよう工夫して戦えば、命令無視として魔王様に告げ口をされてきたのだ。

嫌がらせの域を超えた妨害……否、敵対ともいえる行為。

そんなものを許せるはずがない。

槍を、レヴァノフの指に突き下ろす。

太くしわがれた指が吹き飛んで、コロコロと転がっていった。

苦悶の表情で、声にならない悲鳴を上げるレヴァノフ。

「勇者《あの男》が来た時、俺をハメたのもどうせテメェの仕業だろうが。使い魔で監視していたというのがいい証拠、他の奴らの気配はなかったもんなァ？」

「誤解だ！　ワシはお前の事を高く評価して――」

『あの鬼っ子め、本当に気に食わん奴だわい』

言いかけたレヴァノフを遮ったのは、本人の声だった。

アーミラの持つ魔道具、蓄音機《ちくおんき》からそれは発せられていた。

『だが勇者が何処から来るかわからぬと言って奴の部隊を小分けにさせ、本命の場所にあの鬼っ子を置いた……。しぶとかったが、これで奴も終わりじゃろう！　敵の軍勢に突っ込ませても、格上相手にぶつけても、中々死にはしなかったが……まぁこれで奴も終わりじゃの。クヒヒッ、クヒャヒャヒャッ！』

俺を嵌める為の算段をべらべらと語るレヴァノフの声は、ぶつんと音を立てて途切れた。

蒼ざめるレヴァノフにアーミラは言う。

「あなたがランガ様を嵌めようとした、悪巧みの一部始終です。あなたがやっていたのと同じように、私も使い魔に見張らせておいたのですよ。そしてこれを魔王様に報告すべく記録していた……。尤も使う機会は想定していたものではありませんでしたが」

——以前、ムーアと会った時の事である。

ムーアはあの蓄音機をアーミラに渡したのだ。

魔王城から逃げ出そうとしていた時、アーミラの使い魔が持っていたのを手に入れ、保持していたらしい。

困った顔でそれを受け取っていたアーミラだったが、まさかあれを使う日が来るとは。

「ぐ、ぐ、ぐぐぐぐ……！」

悔しげに唇を噛むと、レヴァノフは諦めたように両手を突いた。

そして、地面に頭を擦り付ける。

「す、すまない……あの時のことは本当に反省しているんだ……だから、頼む……命だけは……」

声を震わせながらの懺悔。

俺はしばし無言でそれを見下ろした後、くるりと背を向ける。

「ランガ様⁉」

アーミラが遮るように声を出す。

「……魔界に帰れ、そして二度と俺の前に顔を出すんじゃねぇぞ」

「おぉ……た、助けてくれるのか……⁉　すまん、すまん……！」

何度も頭を下げるレヴァノフから離れ、一歩、二歩、三歩……と歩を進める。

そこで、ゆらりと魔力が動いた。

「クヒャ――――ッ！」

奇声を上げながらレヴァノフが飛び掛かってきた。

「馬鹿め、隙だらけだぞ！　首から腕をぶち込んで、グチャグチャにしながら脊髄《せきずい》引きずり出してくれるわッ！」

「ランガ様っ！」

アーミラが反応し、咄嗟に俺を庇おうとする、その刹那。

俺は既にレヴァノフの胴を薙いでいた。

「き、さま……気づいて……？」

レヴァノフの身体は上下二つに分かたれ、口から大量の血を吐き出す。

「気づくも何もテメェのやり口なんざ、最初からお見通しなんだよ」

土下座でも何でもして隙を作り、背後から襲う。

レヴァノフの部下がそうやって敵を襲うのを何度も見てきた。

部下というのは思った以上に上司に似るものである。

「オオオオオオオオアアアアアア！！」

断末魔の咆哮を上げるレヴァノフだが、まだ終わってはいない。

傷口から溢れ出た黒いモヤが俺から逃げようとしていた。

アレこそがレヴァノフの本体とも言うべき魂。

無論、逃がすはずはない。

振り抜いた槍を握り直し、手首を返して上段から振り下ろす。

魔力を込めた槍に触れた部分からレヴァノフの魂は分解され、霧散していく。

「……あんたも災難だったな、元帥殿。だがもうゆっくり休みな」

十文字に切り裂かれた元帥の顔は、どこか安らいでいるように見えた。

■■■

レヴァノフの気配はもはやない。

どうやら完全に消滅したようだ。

全くもって最後まで見苦しい奴だったな。

「お疲れ様です。ランガ様」

「……おう、お前もな。アーミラ。……どうやらみんなは無事のようだな」

「それはもう、ランガ様の命ですから」

誇らしげに胸を張るアーミラ。

アーミラの張った魔力障壁で、ガエリオたちは無事のようだ。

「う……」

安堵しているとガエリオがうめき声を上げる。

どうやら目が覚めたらしい。

手を差し伸べようとして、気づく。

今、俺は親父の鎧を着て親父のフリをしているわけだが、いくらなんでもこんな至近距離で見られたらバレてしまう。

しまった、どうしよう。あたふたしているとアーミラが何かを引っ張り出してきた。

「ランガ様、こちらに！」

慌てる俺にアーミラが指し示したのは、眠っている親父だった。

「こんな事もあろうかと、運んでまいりました」

「どこに隠していたかわからんが、とにかくでかしたアーミラ！」

俺は鎧を脱いで、眠っている親父に着せていく。

「気つけを施しましたので、もうすぐ目を覚ますものと思われます」

「……何から何まですまんな」

痒い所に手が届く、雑な俺にアーミラのサポートは非常に助かる。

しかし早くしないと皆が目覚めてしまう……慌ただしくも、なんとか親父に鎧を着せ終えた。

ふぃ、なんとか形にはなったか。ちょっと着崩れているがそこまで直している暇はない。

俺は柱を支えにして、親父を立たせた。

しばらくすれば起きるだろう。

「後は任せたぞ、アーミラ」

「ハッ、お任せくださいませ」

小声でそう言うと後はアーミラに任せ、俺は物陰に隠れた。

しばらくするとガエリオが起き上がってきた。

「いててて……」

「大丈夫ですか？　ガエリオさん」

頭を押さえるガエリオをアーミラが支える。

「っつ……あぁ、ありがとうアーミラちゃん。あの魔族は……？」

「倒しましたよ。……ダリル様が」

歯切れ悪く言うと、アーミラは柱にもたれかかる親父を見た。

それを見てガエリオはパッと顔を明るくする。

「おぉ……ダリル殿……！　あなたはなんと素晴らしい人だ！」

ガエリオは親父に駆け寄り両肩を抱いた。

その拍子に親父が目を覚ましたようだ。

「ふにゃ……」

寝ぼけ眼でフラフラしている親父をガエリオが支える。

「大丈夫ですか!?　ダリル殿！　傷は痛みますか!?」

「あ、アレ……ガエリオ隊長殿？　これは一体……？」

「――流石でございます。ダリル様」

親父の言葉を遮ったのはアーミラだった。

ずいと間に入ると、親父にそれとなく説明するべく口を開く。

「元帥が魔族だと見破る見事な推理の末、完全に論破。あまつさえ誰も勝てなかった魔族を瞬殺してしまうとは……全くもって恐れ入ります」

ポカンとする親父に、続けざまに、説明口調の言葉が並ぶ。

べらべらとよくもまぁ、これだけ嘘が並べられるものである。

全くもって優秀だ。こいつが味方でよかった。

「本当ですよダリル殿！　いやぁあなたという人は、本当にすごい！」

ガエリオもそれに乗っかる。

「すごいすごいとは思っていましたが、まさかここまでとは思いませんでした！　いつもとは打って変わったあの雰囲気！　あれがダリル殿の本気というわけですね！　生の『鬼十字』が見られなかったのは残念ですが！　えぇ！」

未だ状況が呑み込めてない親父の肩を抱き、褒めまくる。

あの人も悪い人じゃないんだがなぁ……信じやすいというかなんというか……純粋すぎるのも考え物である。

そうしていると他の番兵たちやヴァーゴが歩み寄ってきた。

どうやらいつの間にやら目が覚めていたようである。

「あてててて……おう、ダリルじゃねぇか。驚いたぜ、強いだけじゃなく人間に化けていた魔族を見破るくれぇ頭がよかったとはなぁ。大したもんだ」

「全くだ！　街に入り込んだ魔物を瞬殺……ってー話、聞いた時は絶対嘘だと思ったが、マジだったんだなぁ」

「あの魔族を倒しちまったのが噂の『鬼十字』ってやつかい？　くそぉ、見たかったぜ！」

皆に囲まれ、やんややんやと囃《はや》し立てられる親父。

純粋なのは他の人たちも一緒だった。部下は上司に似る……先刻の自分の言葉を思い出していた。

親父もまた、同様だった。

最初は戸惑っていた親父の表情が、次第に口元から緩み始める。

「い、いやー、まぁ大した事ではないですがねぇ！　ガハハハハ！」

それはすぐに大笑いに変わる。

どうやら調子に乗り始めたようだ。

俺はあーあとため息を吐く。

「魔族なんぞ、この俺の手にかかればチョチョイのチョイ！　ってなもんですよ！」

そう言って手にした槍を十字に振るう親父。

俺は頭を抱えた。何故自分の記憶にないことでここまで調子に乗れるのか。

盛り上がった番兵たちが歓声を上げ始める。

「いよっ！『鬼十字』！」

「憎いね大英雄！」

胴上げが始まり、親父が何度も宙に舞う。

それにしても全員が全員、親父を疑いすらしないとは……この街の番兵隊がちょっと心配になってきたぞ。

「それだけランガ様の演技がお上手でした……と納得は出来ませんか？」

いつの間にか隣に来ていたアーミラの言葉に、俺は乾いた笑いを返すしかなかった。

ともあれレヴァノフも倒し、俺の正体もバレずに済んだし、無事一件落着といったところだろうかね。

エピローグ

――長い、長い夜が明けた。

ガエリオは今回の事件をすぐに王都へ報告し、レヴァノフの犯行は瞬く間に明るみに出た。

王都にある奴の屋敷からはおびただしい数の証拠が発見された。

子供の骨が無数に転がっており、誘拐は自分の部下を洗脳し行わせていたらしい。

仮に捕まったとしても頭のおかしくなった部下のせいになる。

その上カモフラージュの為か、街の魔術師にも似たような手口を広め自分に捜査の手が及ばぬようにしていたらしい。……どこまでも薄汚い奴である。

以来、王都では魔術による犯行の取り締まりを強化する事にしたとか。

そして事件から数日が経った。

「いやぁ、まさか魔族が元帥に化けているとは。思いもよりませんでしたよ」

「それをうちの番兵さんが見破って、しかも倒してしまうとはねぇ」

「ダリルさんゆーたかねぇ。以前魔物が街に入ってきた時も、その方が見つけ出して倒したとか。

いやはやすごい方に守られとったんじゃなぁ」

街中が親父の噂で持ちきりだった。

騎士団元帥の身体は丁重に葬られ、街には平穏が戻っていた。

登校中の俺とアーミラの耳に親父の話題が次々飛び込んでくる。

「ダリル様の評判、すごい事になっていますね」

「狭い街だからなぁ……」

やる事のない田舎では、噂が広まるのはとても早いものだ。

親父はというとすっかり鼻が高くなっており、連日近所の集まりに顔を出しては酒を振る舞ってもらっている。

子供たちにも人気のようで、よくサインをねだられているらしい。

昨日も夜遅くに、上機嫌で帰ってきた。

あまり調子に乗らないといいんだが……やれやれ、それも無理な話か。

「おーっす！　ランガー！」

その仕掛け人の一人が来たようだ。

どたどたと土煙を上げながら駆け寄ってきたのは、レントンである。

「おい見てくれよ！　またまた親父さんにサイン貰っちまったぜ！」

自慢げに背中に書かれた親父の名前を見せつけてくるレントン。

そんなものを見せられても、俺は呆れた顔をするしかない。

「お、おう……」

「なんだよシケたツラしやがって、親父さんが英雄扱いされて、お前も嬉しいだろー？　言っとくけど俺がファン一号なんだからな！　息子だからって譲らねーぞ！」

レントンは俺の脇腹を肘でつつきながらニヤニヤしている。

いや、別に嬉しくはないいんだが。むしろ恥ずかしいんだが。

「魔族！　しかも四天王を倒すなんてなぁ！　すごいなぁ！　あこがれるなぁ！　……っておいランガ！　何スタスタ先に行ってるんだよーっ！」

レントンを置いて、俺は先に行くことにした。

これ以上は恥ずかしくて聞いていられない。

「アーミラちゃん、おはよう！」

「あらナージャ、もう大丈夫なの？」

今度はナージャが声をかけてきた。

あれだけの事があったにもかかわらず元気そうである。よかった。

「ふっ、この程度で私《ワタクシ》が心を病むとでも？　心配は無用ですとも」

芝居っぽい動作で髪をかき上げるナージャ。

……元気というか、余裕あるなこいつ。

アーミラも呆れた顔をしているが――

「……よかったわね」

そう、優しい微笑を浮かべて小声で呟くのを俺は見逃さなかった。

なんだよアーミラめ、意外と普通の女の子やってるじゃないか。

俺が二人のやり取りを見てほっこりしていると、ナージャが俺にキラキラした目を向けてきた。

「ね！　それにしてもランガ君のお父さん、すごかったね！　『鬼十字』だっけ、私もやりたい！」

「だよな！　わかってるなナージャちゃん！　ナージャちゃんも言ってやってくれよ。ランガの親父さんの格好良さをさぁ！」

追いついてきたレントンがそれに合わせる。

二人は気が合ったのか、立ち止まり本格的に話し始めた。

いかん、このコンビは危険すぎる。頭を抱える俺を見て、アーミラがくすくすと笑っている。

「ランガ様、顔がお赤いですよ」

「うるせーっての」

からかうアーミラにそう返しながら、ふと考える。

「……しかしアーミラよ、レヴァノフの野郎、やたらと弱くなかったか？」

なんだかんだと言いつつも、レヴァノフは魔軍四天王の一人である。

人間の身では本来の力は発揮出来ないのだろうが、それは俺も同じ。むしろ子供の身体である俺の方が圧倒的に不利なはずだ。

しかし現実は逆。不利であるはずの俺の方が、奴を圧倒した。

「……もしかして気づいておられなかったのですか？」

「む？」

不思議がる俺を見て、アーミラはキョトンとした顔で続ける。

「ランガ様のお身体は人間の身でありながら、既に以前と大差ないほどにお強くなられております。相当の修行を積まれた結果でしょう！　本来の力を発揮出来ないレヴァノフでは相手になるはずがありません！　ぇぇそうですとも！」

うっとりした顔でアーミラは答える。

以前と大差ないだと？　そんな馬鹿な。

如何に鍛錬したとはいえ、今の俺は四天王時代《むかし》と比べるべくもない。

（何故……いや、待てよ？）

考え込む俺の頭に、ふと考えがよぎる。

四天王時代は部下の育成に力を費やし、自分の修行はほどほどにせざるを得なかった。

だが人間に転生した俺は、物心ついてからずっと自分の為だけに修行を続けていたのだ。

成長期の子供の身で、大人の合理的な頭を使って、効率的に。

そんなこんなで様々な歯車が噛み合い、俺を驚異的に成長させた……とか？

（……まぁ、それはないか）

如何に子供の身体とはいえ、そう劇的な効果がある修行をしたわけでもなし。

現にアーミラは同じ条件でも大した強さじゃないしな。

楽勝だったのは、やはりレヴァノフがなんらかの理由で弱っていたのだろう。

身体が馴染まなかったか、それとも肉体が限界だったか……とにかくそんな感じに違いない。そう結論付け、俺は首を左右に振る。

「ふふふ、ランガ様ったら、相変わらず謙虚であらせられますこと。本気を出せば世界すらその手に収めることが出来ましょうに」

俺の後ろをついてきていたアーミラが物騒な事を言っている。

まだこいつ、世界征服がどうこう言っているぞ。

怖い、そしてしつこい。とりあえず撤こう。

そう決意して俺は駆けだした。

「あーん、待ってくださいランガ様ぁーっ！」

追いかけるアーミラを振り切って、俺はふと空を仰ぐ。

流れる雲の向こうには、教会の屋上でクレア先生が鐘を鳴らしているのが見えた。

からん、からんときれいな音が街中に鳴り響く。

兎《と》にも角にも、本日もまた平穏な日々が始まるのだった。

あとがき

初めましてこんにちは、あるいはこんばんは。謙虚なサークルです。

『四天王最弱だった俺。転生したので平穏な生活を望む』お買い上げありがとうございます！

皆様のおかげで発売と相成りました。

毎度の事ですが、本当に感謝しております。


さて『四天王最弱だった俺。』、ですがまずタイトルありきの作品で、四天王最弱というワードをもとに組み立てました。

そこから枝葉を付けて、元四天王の一人だったランガ君が副官アーミラと平穏に暮らしたい。

暮らしたいけれども周りがそうさせてくれない。

過去では最弱と侮られていたランガ君だけれども、実は最強——といった話ですね。


さて折角のあとがきですし、四天王時代のランガについて語りたいと思います。

本編でも語っていますが、彼は下位種であるゴブリンなのですが、生まれた穴倉に人間の残した書物があってそこから勉強し、強くなっていくわけです。

具体的にはなんぞや？　という話ですが、これは恐らく自己啓発本に近いものだったのでしょうね。

筋肉を鍛えれば人生なんとかなる！　リーダー育成論！　みたいな。

それを愚直にこなしたわけですねーランガ君は。

あの手の本は僕も読んだことがありますが、中々実践するのは難しい事ばかりですよ。

良くも悪くも『本を読んでやった気になる』、という本ですからね。誤解を恐れずに言うと。

まっすぐというか、愚直というか……まぁともあれ課題をこなしたランガは人として……じゃなく鬼としてレベルアップしていったわけです。

そういう人には、やはり人が集まりますよ。えぇ間違いないです。

何せやれる人はほとんどいないですしね。


そんなわけでリーダーとなったランガは全員のレベルアップを図るんですね。

これもまた本に書いてあった方法です。それを全員に強いたんです。

仲間もいい意味で馬鹿だったので、一生懸命やったんですよね。

いやー素直って最強ですよ。ほんと。

そのおかげでランガを含めた全員がすごい速さで成長し、あっという間に一大勢力となったわけですよ。

そんなランガに魔王軍も目を付けたわけです。

人間との戦いも佳境、戦力は少しでも欲しいわけですからね。

勢いのあるランガ軍に仲間になってくれれば百人力、とか言って。

魔王が直々にスカウトに来るんですが……きっと魔王とも浅からぬ因縁があるんでしょうね。

続きを書けるようならまた語る日が来るかもしれません。

来るといいな！


それとこの場を借りて、イラストを描いていただいているｒｉｒｉｔｔｏさんにもお礼を述べたいと思います。

とってもとっても素晴らしいイラストで、本当に感謝しています。

編集の方や出版社の方、他にもいろいろな皆さんの手によってこうして本として出させていただいております。

本当にありがとうございます！


……と、こんなところであとがきを終わりたいと思います。

ここまで読んでくださってありがとうございました。

またどこかで会える日が来ることを望みます。

BKブックス

四天王最弱だった俺。

転生したので平穏な生活を望む

2019年2月20日　初版第一刷発行

著　者　謙虚《けんきょ》なサークル

イラストレーター　riritto

発行人　角谷治

発行所　株式会社ぶんか社
〒102-8405　東京都千代田区一番町29-6
TEL 03-3222-5125（編集部）
TEL 03-3222-5115（出版営業部）
www.bunkasha.co.jp

装　丁　AFTERGLOW

編　集　株式会社 パルプライド

印刷所　大日本印刷株式会社

定価はカバーに表示してあります。乱丁・落丁の場合は小社でお取り替えいたします。

本書の無断転載・複写・上演・放送を禁じます。

また、本書のコピー、スキャン、デジタル化等の無断複製は著作権法上の例外を除き禁じられています。

本書を代行業者等の第三者に依頼してスキャンやデジタル化することは、たとえ個人や家庭内での利用であっても、
著作権法上認められておりません。本書の掲載作品はすべてフィクションです。実在の人物・事件・団体等には一切関係ありません。

ISBN978-4-8211-4508-9
©KENKYO NA SAKURU 2019
Printed in Japan